紫式部と源氏物語の謎

源氏物語研究会＝編

プレジデント社

特別インタビュー

『謹訳 源氏物語』の著者、林望先生が熱く語る

『源氏物語』は、わが国で生まれた最古にして最高の人間ドラマだ

二〇一三年にライフワークである『謹訳 源氏物語』（祥伝社）を完訳し、第六十七回毎日出版文化賞特別賞を受賞した「リンボウ先生」こと林望《のぞむ》氏。訳業にかけた思い、そして『源氏物語』の素晴らしさと現代人が読む意義などについて、私見をうかがった。

二〇二四年は、『源氏物語』に再びスポットが当たる年になるのでしょうか。NHKが大河ドラマの主役を紫式部にすると決まって、世間では紫式部の人物像について、関心が高まっているようですね。

私にも幾度か意見を求める依頼がきました。ただ、そうした紫式部のドラマ化や、モデル論

的なことなどについて、私には、さしたる関心がありません。

理由は、『源氏物語』を読むうえで、紫式部がどんな人物だったのかという関心と作品は、分けて考えたほうがいい、と思うからです。

たしかに、紫式部は、詳しいことはなにも分かっていないといっていい人物ですが、紫式部が美人だろうが、不美人だろうが、作品の鑑賞には本来無関係なのは言うまでもないでしょう。紫式部のことがほとんど分からなくとも、『源氏物語』は日本が世界に誇るべき超一流の文学作品であることは、紛れもない事実です。

『源氏物語』が現代に遺された奇跡に感謝

そのうえで、あえて想像してみるならば、紫式部は女性としてはそんなに魅力のある人ではなかったのだろうと思っています。『紫式部日記』、『紫式部集』などのテキストを読めば、それは容易に想像がつきます。

性格についても従順とも優しいとも言いがたいように思います。周囲の人々の観察眼には目を見張るものがありますが、それを評する言葉はときとして辛辣、かわいげのある態度とは対局の、冷厳に覚めた目を持った人だと思います。

そしてもうひとつ付け加えるなら、和歌もあまり上手ではない。私の恩師の慶應義塾大学の佐藤信彦先生も「紫式部は、和歌はうまくないね」とおっしゃっていましたが、情緒にとぼしく、理屈っぽい歌しか残っていないのです。美しいものを美しく描写し、喜怒哀楽をしみじみと奥行き深く歌うのが和歌の精神だというなら、紫式部の歌は情緒にとぼしくて、理屈めいた詠歌ばかり多いと感じます。

ただ、彼女のこうした人物像が『源氏物語』を書くうえで、プラスに働いたところがあっただろうということは、想像に難くありません。

『源氏物語』は「世界最古の長編小説」ですが、作者自筆の原本は現存していません。

しかし、何人もの人によって、読み継がれ書き写されて、現代まで千年あまりの命を保ってきたのですから、まったく奇跡的です。

歴史的なことを申しますと、中国にすこし遅れて、すでに八世紀には木版でお経を印刷するという技術が日本にも存在していました。ですが、非常にお金がかかるため、有力な寺院や教団が経典を印刷することで功徳を得るという強いモチベーションに動かされて印刷されていただけで、文学作品などに印刷技術が応用されるのは鎌倉時代まで待たなくてはなりませんでした。

そうしたモチベーションのない日記や物語が、どのようにして残されたかといえば、写本という、手書きで書き写すことで後世に残った。そうして「物語」はその創作の段階から読み聞かせの台本として作られ、また書写されたのです。

物語というものは当初、作者（ライター）がいて、語り手（ナレーター）がいて、それを聞き手（リスナー）が享受するという、三者が渾然一体となった状態で存在し、作品の作者と、その受け手が未分化だったのです。それゆえ『源氏物語』の作者も、紫式部一人だけだったとは必ずしも言い切れないのです。

そうやって作られた物語は、宮廷社会のごく限られた内輪の仲間内で共有され、最初はそんなに長くなかったものが次第に書き継がれて、今見る形に「成長」したと見るのがよいと私は思います。

ですから、初期の段階で早々と泡のように消え、後世に残らなかった物語もたくさんあったことでしょう。そういうのを散佚《さんいつ》物語と言っています。

ところが幸いなことに、『源氏物語』は大変におもしろかったものですから、千年以上の年月を生き残り、私たち現代人の手に残されました。

それだけ多くの人が物語を読みたがり（聞きたがり）、手から手へ書写を繰り返してきた結果として、現在も私たちは『源氏物語』を読むことができるのです。

このようにして考えてみると、とりたてて美人でもない、覚めた、あえて申せば両性具有的な性格の紫式部が才気と深い教養を買われて女房として宮中に出仕したことも、やはり『源氏物語』が成立するために必須の条件だったと思います。

というのも、女房は宮中で行われる年中行事の故実あれこれ、つまりその装束や道具、作法などを、仕える主人やその子などに伝えるための記録者でもありました。その職掌《しょくしょう》ゆえに高価な紙を自由に使うことができたのですね。

彼女が中級貴族すなわち受領《ずりょう》階級の出身で、しかもその結婚生活が、必ずしも幸せなものでなかったことも、ある意味では大きかったかもしれません。『源氏物語』を読むにつけて、当時の貴族社会にあって、いろいろな意味で苦悩する登場人物の心の動きがあまりにも如実に描かれているからです。

しかし、こうした文学としての写実性や迫真性という優れた性格ゆえに『源氏物語』が鑑賞に堪える形で現代に遺されているのは疑いのないことで、私はそのことにまず、感謝と畏敬の念を禁じえません。まことにありがたいことと思います。

現代語訳を思い立ったのは、三〇年以上前のこと

私が『源氏物語』の現代語訳を思い立ったのは四〇代なかば、今から三〇年以上も前のことです。一九八四年から八七年にかけて、日本古典籍の書誌学的調査研究のためイギリスに滞在したときの経験を綴ったエッセイ『イギリスはおいしい』（平凡社・文春文庫）がベストセラーになり、四二歳で兼業作家としてデビューをして数年後のことです。

東横学園女子短期大学の国文科の助教授として働くかたわら、デビュー作に続く『イギリスは愉快だ』、『ホルムヘッドの謎』というイギリス三部作を書くことになるわけですが、その影響で私のことを英米文学者だと思う人が多く現れるようになりました。

私の専門は一貫して国文学と書誌学。日本の古典研究です。イギリスでの経験は、ほんの三年間に過ぎませんから、もとよりイギリス文学などについては門外漢です。そこで一計を案じて、三冊目の『ホルムヘッドの謎』には、源氏物語に材をとった「頭中将は何故泣いたか」と「あばら家の姫たち」というふたつの長編古典エッセイを入れました。このエッセイには、源氏物語の一節を引いて、そこに現代語訳も附加しておいたのですが、新潮社の名編集者、柴田光滋さんから「とても読みやすく、よい現代語訳なので、いずれ全巻の現代語訳を手がけてみてはいかがですか」と声をかけていただきました。

そのことが私に、「いつか『源氏物語』の現代語訳を」と思わせてくれる、直接のきっかけとなりました。

とはいえ、実際に訳業にとりかかるまでには、かなりの年月を必要としました。教員と作家の二足のわらじの生活は非常に過酷で、作家デビューしてからの四〇代の大部分は寝る間もないほどの忙しさでしたが、そんな生活に区切りをつけ、独立して専業作家になったのが五〇歳のとき。それでようやく、著述に専念できる環境を手に入れたわけですが、そこから源氏の訳業にとりかかるまでには、まだ十年という準備の年月が必要でした。

だいたいの計算をしたところ、全巻を訳すには、原稿用紙にして六千枚くらいの分量になるだろうと予想されました。となると、専業作家になったばかりの、ある意味で新人に過ぎない私にはやはり、手をつけがたい難事業でした。

もちろん、雑誌の連載や書き下ろしの本の執筆、講演活動などのかたわらでぼちぼちとやっていくという選択肢もありましたが、そのようなやり方では一〇年、一五年もかかってしまうでしょう。作業が長期間にわたれば最初に取り決めた方針がぶれてしまい、それを修正するのにまた時間をかけねばならないという悪循環に陥るおそれがありました。

というわけで、まずは作家としての地歩を固め、経済的にも「好きなことを書ける」という状況に持っていくのが先決だと判断しました。

そうこうするうち、月日は坦々と流れていき、私は六〇歳になっていました。

作家の書き方でおもしろく、学者の分析力で正確に訳す

専業作家になって一〇年、その間、源氏のことはつねに頭のなかに炎のように燃えていました。そこで六〇歳という年をひとつの区切りとして、懸案の源氏物語訳業という大仕事にとりかかることにしました。

『源氏物語』の全巻を訳すには、気力と体力が同時に備わっていないといけません。出版社としても、還暦を過ぎた作家にそれだけのものを任せることは大きなリスクです。もし私が途中で健康を害して未完に終わってしまったら、その出版社は投資した資金を回収できなくなるでしょう。そういう意味で、『謹訳 源氏物語』にとりかかったときの私は、「よし、これから二年のあいだに、これを書き切ってみよう」と深く期するところがありました。

『源氏物語』というと、すでにいくつかの現代語訳が出版されています。与謝野晶子、円地文子、瀬戸内寂聴といった女性作家によるもの、それから谷崎潤一郎が国語学者の山田孝雄博士の校閲を受けて書いたものもあります。それから国文学の専門家が手がけたものにも立派な作

品がいくつかあります。

作家が書いたもの、学者が書いたもの、それぞれに特徴があって、簡単に言ってしまうと、前者がおもしろさを優先させて、作家らしい大胆さである程度自由に訳したものだとすると、後者はおもしろさや読みやすさは横に置いておいて、学術的な解釈で厳密に訳されたもの、ということになるでしょう。どちらにも長所と短所があって、一概に「これがいい」とは決めかねます。

ただし、訳されてから時がたつにつれ、昔に訳されたものは理解が難しくなるということがあります。与謝野晶子訳はいまも名作のひとつと言われていますが、作中の和歌が訳されていません。与謝野さんは自らも歌人であり、批評家でもあったので、あえて現代語にする必要を感じなかったのかもしれません。しかし、『源氏物語』の作中和歌は、歌学的修辞がきわめて複雑で、理屈っぽいので、その意味を現代語訳もなく理解するというのは、今の世の一般読者たちにはほとんど不可能です。

しかしながら、『源氏物語』における和歌の役割は、非常に大きいです。登場人物が言いたいことを直接に述べるのでなく、和歌にしたためてやりとりする場面のいかに多いことか。これを理解せずして、作品をよく味わうことは不可能です。

作家が書いたもの、学者が書いたものには長所と短所があるといいましたが、私はそのふたつの特徴を統合してみようと考えました。つまり、国文学者としての読解と分析で正確に読み解きながら、しかし作家としておもしろく、現代の読者に伝えてみたい。説明が必要な部分は注釈をつけるのでなくて、文中に分かりやすく書き足し、平安時代の複雑きわまる敬語は一部を除いては思い切って省略し、そのかわりに主語を明記するというような工夫をあれこれとして、現代人がおもしろく読むことができて、なおかつ『源氏物語』の格調高い文学のエッセンスをわかりやすく伝えられるように最善を尽くしたのでした。

解釈とは、すべての可能性を吟味したうえでのみ成立する

執筆は、連載の執筆や講演の仕事の合間を縫って、しかしとにもかくにも源氏を第一優先とするという方針で、毎日朝の四時から夕方五時くらいまで、せっせと書き継いでいきました。

一日に書ける原稿の量がいつも一定していたかというと、そうではありません。一行を訳すために何日もかかることもありました。『謹訳』の読者から「リンボウ先生が、実に楽しそうに訳している様子が伝わってくる」という感想をいただいたことがありますが、とんでもない。楽しいどころか、青の洞門をノミと鎚だけでコツコツと少しずつ掘り進んでいくような作業だと

思ったこともあります。当初の計画で「二年」だった執筆期間が三年八カ月ほどになったのは、訳業が予想を超えて困難だったことを物語っています。

ある場面では、登場人物が入室し、どう動いて、どちらからどう人物を見ているかを考えるため、寝殿造りに関する大変高価な専門書を取り寄せなくてはなりませんでした。あるいは『源氏物語』はこれまで、多くの学者や専門家によって研究されていますが、いまだ「意味不明」とされていたり、いくつもの異説があって定説に至っていなかったりする部分が少なくありません。そういうところを勝手に解釈して、想像で補うこともできますが、できるかぎりの考証を尽くして、自分なりの「解釈」をしなくてはならない、そこが単なる学術論文とは違った難しさでした。

私が初めて『源氏物語』に向き合ったのは、二〇代の学生時代、慶應義塾大学の佐藤信彦先生の古典文学講読の講義を受けたときでした。そのころの私は、決して真面目な学生とは言えず、この作品が名作であることもろくに解っていませんでしたが、佐藤先生からは、解釈とは、「先人たちの研究をすべて照合したうえで、自分として考えた根拠に基づいて判断を下すべきものだ」と教わりました。

『謹訳』に着手するにあたり、当時のテキストを開いてみましたが、先生がこまかに腑分けして話された解釈を欄外行間に書き入れてあったものを約四〇年ぶりに読んで、目を開かれる思いがしました。当時の私には理解できなかったけれども、先生がいかに深いことをおっしゃっていたのか、改めて思い知らされたわけです。

五巻を刊行して一カ月と少したったところで、東日本大震災が起こりました。私は東京の自宅にいましたし、身内も被災せずにすみましたが、おそらく当時の日本人の多くが感じたであろう鬱病的無力感、絶望感を味わいました。しかし、机に向かえば、『源氏物語』の壮大な世界が広がっていましたのでそれに少なからず救われるところがありました。

同じ年の一一月には、父が亡くなりました。すると、翌年の三月に妹が亡くなり、それから間もなくして妻の父も亡くなりました。こうして、人の命の儚さを、いやおうなく思わされることになったのでした。

私自身、体力的な限界を感じることもありました。持病のぜんそくの発作に続き、狭心症のような症状に襲われたときは、「この訳業を最後まで貫徹することができるのだろうか」と不安にかられました。

古《いにしえ》の人々と心を通わせることができるのが古典の魅力

それだけに、最後の一行を訳し終えたときの感慨は、ひとしおでした。

『源氏物語』は、「いづれのおほん時にか、女御更衣あまた侍ひ給ひけるなかに」という有名な書き出しで始まります。まるで語り手が、ふと口にのぼせるように話し始める静かな幕開けです。それをうまく表現しようと苦心した結果、私はこんなふうに訳してみました。

「さて、もう昔のこと、あれはどの帝の御世であったか……。」

「さて」の一語が浮かぶまで、ずいぶん頭をひねったものです。できれば最後の一行も、これに似た雰囲気で終わりたいと思っていました。何げなく始まった話が、やがて興にのって饒舌になり、しかし高ぶり過ぎもせず静かに終わりをむかえる。その余韻の中に悠久のときの流れを感じさせるような終わりにしたかった。

ただ、最後の一行というのは分かりやすい言葉ではなく、なにを言っているのか一読では分かりにくい難所でもありました。書いては消し、書いてはまた消して、二、三日考えて、よし、これでいいと書き上げ、最後に「完」と書いたのは、そろそろ夜が明けようかというときでした。そのとき、「完の一字置いて余寒の朝明けぬ」という俳句が口をついて出ました。

とうとう最後までやり遂げたという安堵感と、このような大仕事を手がけさせてくれたすべてのことに感謝の念が湧いてきました。「ただ今、書き終わりました」という表題のメールを編集者に送信したあとは、しばらく放心状態だったと思います。

現代語訳の意義は、『源氏物語』の魅力を今の時代に合った形で世に出すことだと私は思っています。

冒頭から物語は、大変スキャンダラスな形で展開していきます。主人公の光源氏は父・桐壺帝の正室である藤壺に不義の恋情を注ぎ、しかもふたりの間には不義の子が産まれてしまう。そして、その子は後に冷泉帝として即位するというのですから、時代によっては「不敬の書」の筆頭にあげられていたこともありました。

また、平安時代は通い婚といって、夫婦は一緒に暮らすのではなく、夫が妻のもとに通うという婚姻の形態をとっていましたので、源氏は葵の上や紫の上といった妻がありながら、本来あってはいけないような恋に身を焦がします。無理無体に恋をしかけて、言うことを聞かせるということなど平気でありました。現代のジェンダー観やフェミニズムの視点から見れば、源氏は「サイテーの男」と見られるかもしれませんが、そういうふうに現代の視点から単純に割り切って考えるのは正しい態度ではありません。

『源氏物語』が今から千年以上昔に書かれたのだから、その時代の男女のありかたを基本として考えなくては意味がありません。その意味で、作者が書きたかったことに忠実に寄り添い、それを再現するということに、私はなみなみならぬ苦心を重ねたところです。『謹訳 源氏物語』の「謹訳」という言葉は私の造語ですが、これは作者が表現したかっただろうことに忠実謹直に寄り添って、できるだけ正確にそれを現代語で「語り直す」という意味で、かく名付けたものです。

ただそうやって正確に原作を腑分けしてみると、登場人物の心のありようが、まるで現代のわれわれとちっとも変わらないと感じられること、これは、まことに驚きを禁じえません。

日本人は、四季の移り変わりに敏感です。月、とひとくちにいっても、いろいろな月を思い浮かべることでしょう。

夏の月といえば、雲間に見える月を見て暑さがなごむ感じを誰もが理解するはずです。朧月といえば、春の夜の、ほのかにかすんだ月のことをいいます。こうした月の描写は、『源氏物語』はもちろん、多くの古典作品に出てきます。そして、おそらくそれを書いた人が思い浮かべた月と、それを読んだ私の心に表れた月は、同じものでしょう。

人間の営みが遠い過去から現在に至るまで、ずっとつながっているんだと感じることは特別な体験です。それは、人間の普遍性に気づくということでもあります。

近代小説として読んでもおもしろい究極の人間ドラマ

『源氏物語』は、光源氏とさまざまな女性たちとのラブストーリーを描いた長編小説です。恋というのは一人でできるものではありませんから、主人公の光源氏を描くことだけが主眼ではなく、さまざまな個性の女性たちが実に生き生きと描かれます。男のだらしなさを知り尽くして決して靡くことのない理性的な女性もいれば、男の情けにほだされて、ついつい言うことを聞いてしまう心弱い女性も登場します。一人として同じような登場人物がいないことが素晴らしいです。善玉悪玉に分かれた、分かりやすい勧善懲悪的通俗小説の対極にある純粋に文学的な物語だと言っていいでしょう。

人間というのは、角度によって善人にも見え、悪人にも見えることがあります。しかし、その矛盾こそが人間の実相であるということを『源氏物語』は見事に描いているのです。人の心の光と影を、ここまでリアリスティックに書いた作品が千年も昔に成立していたことに驚きを禁じえません。

近代的な小説としての枠組みに当てはめても、実に立派な文章です。恋の葛藤が描かれるシーンで、空気が煮詰まってくると、ふと清爽な風景描写が差しはさまれたりして、映像的なイメージも豊かです。まさに、読めば読むほどおもしろい、汲めども尽きせぬ味わいがそこにあるのです。研究者の目で正確に直訳すると、そうした文芸的な味わいは薄れてしまうものですから、正確さと味わいとをどうやってうまく融合させるかということにも苦心しました。

ところで、『源氏物語』には戦争が出てこないのも大きな特色です。海外の叙事詩には、あの王様があの国を制覇したとか、民族間の戦いで誰が勝ったとか、実に血なまぐさい、殺伐としたことが書かれていることが多いものです。ところが、『源氏物語』には一人として敵役《かたきやく》としての悪人が登場しないばかりか、一滴の血も流れません。

イギリス人はシェイクスピアを古典中の古典だと言って威張っていますが、せいぜい室町時代に作られたもの。『源氏物語』は、外国人に一度も支配されず、万世一系の天皇のもと、平和な社会を築いてきた日本だからこそ生まれた、世界に誇れる文学なのです。大いに楽しもうではありませんか。

紫式部と源氏物語の謎　◎　目次

第二部 『源氏物語』の謎

第六章

第七章

第三部

紫式部と『源氏物語』の基礎知識

第一章

第二章

第三章

第四章

第五章　千年の恋は現代語訳で発見された……201

第一部

「紫式部」の謎

第一章

おぼろに霞む紫式部の人生

今なお通称が取れない「紫式部」

近代小説の開幕を告げる傑作『変身』を書いたことで知られるフランツ・カフカは、四十歳余の短い生涯をチェコ・プラハ市の実直な一保険局職員として生き、その作品が広く世に知られるようになったのは死後のことです。逆にヴォルフガング・アマデウス・モーツァルトは幼児期から神童としてもてはやされましたが、一七九一年十二月三十五歳で亡くなると、悲惨にも遺体はウィーンの無名墓地に投げこまれました。

カフカやモーツァルトの生涯と紫式部のそれとを比較しようという気はありませんが、今日のようにメディアが発達する前の時代には、大作家や大芸術家といえどもその生涯には、どこか謎に満ちた部分があるのだと思わざるを得ません。ましてや紫式部は今から千五十年ほど前、平安時代中期に生まれた人ですからその生涯は不分明であるのは当然で、なおかつ長い時間の経過の中で疑わしい伝承が数多まとわりついたことも否定できません。

『紫式部日記』では、宮仕えしていたある時、「若紫やさぶらふ」と当時の歌壇の頂点にいた藤原公任に呼びかけられたと記し、自身が『源氏物語』の著者であることをほのめかしています。通称の「紫式部」もこの小事件に前後して定着していったと考えられていますから、「紫式部」が『源氏物語』の作者であるとの通説は、式部自身が記していることをもとにしており、そこを疑えばすべてが雲散霧消してしまうことになります。別稿にも詳しく記しましたが、式部が自ら「紫式部」と名乗ったわけではありませんので、結局のところ両者の関係を正確に記そうとすると、「〝通称〟紫式部が『源氏物語』とのちに呼ばれるようになった王朝文学の代表作をものしたと考えられる」という、持って回った言い方にならざるを得ないのです。ある有名女流作家は「『源氏物語』の作者に擬せられている紫式部」などという表現を使っています。

不詳の生没年

生没年も不詳です。同母の姉と弟がいたことは分かっていますが、正確には不明というしかありません。父親は藤原為時ですが、母親は同族の藤原為信女というだけで、名前は伝わっていません。

娘である式部に関してももとより不分明です。彼女の正確な閲歴はもちろん、いつ結婚したか、相手は伝えられるように藤原宣孝だけだったのか。恋愛の有無は。これらの点も不明です。子どもは宣孝との間に生まれた、のちの大弐三位だけなのか、他にもいたのか、その点も分かりません。式部より二百年近く後の人ですが、ある意味で『源氏物語』を復活させたことで知られる、藤原俊成・定家親子は、いずれも二十数人の子をなしたことが知られています。当然、妻妾は一人や二人ではなかったでしょうし、女性のほうも複数の男性関係があったと見られています。前述のように時代がかなり違うというものの、平安貴族の男女関係がそういうものだったとすれば、式部だけが例外的な一夫一婦だったとは考えづらいのではないでしょうか。

『源氏物語』に関しても、詳しくは後述しますが、彼女がいつごろこの物語を書き始めたのかに始まり、言い伝えのように、藤原道長や父親の為時、あるいは他の男性が書いたり、加筆したりした部分などないのかなど謎に満ちています。

このように式部にしても『源氏物語』にしても、依然として解明されていない謎に満ち満ちているると言わざるを得ないのです。現在の『源氏物語』研究者は、これら多くの謎を謎として残しつつ、『紫式部日記』に書かれていることを基本的に受け入れて、式部がこの稀有な平安中期の物語の著者であろうとして、考察を進めていると言っていいでしょう。言葉を変えるならば、作品としての『源氏物語』と、その成立にかかわる謎や書き手である通称紫式部にかかわる謎とを分けて考察しようということです。

この章では、そうしたことを前提に、紫式部の生涯と時代背景を概略紹介することで、以後の各章への導入口にしたいと考えています。

弟惟規と異なる個性

式部は今井源衛の考究によれば、それまでの通説より八年早い天禄元（九七〇）年生まれだそうです。藤原北家冬嗣系による権力独占の術策が陰湿かつ露骨に進められていた時代で、彼女の誕生一年前に西宮左大臣源高明が突如、太宰権帥に左遷されるという安和の変が起きています。高明は醍醐天皇の第十皇子でしたが、賜姓源氏として臣籍に降下、政治力もあり、彼の勢力伸張を恐れた藤原師伊らの陰謀により失脚したものと考えられています。

後年、式部はこの高明の妾であったなどとされることもありますが、時代のずれから見てまったくの虚説です。ただ一世源氏（天皇の息子）で、和歌や音曲に優れ、しかも優れた政治家でもあった高明の悲劇が、放浪の貴公子で『伊勢物語』のモデルである在原業平などともに、光源氏という人物の造形に大きな影響を与えたことは否定できません。また高明の広大な屋敷は、源融の河原院などとともに光源氏晩年の大邸宅六条院のモデルとなっています。

式部は三歳で母親を亡くしますが、為時は妻の残した家に妾妻を迎えず、三人の子供の養育は乳母たちをわずらわせつつ、自ら行います。意図は不明ですが、結果、女性にしては頭でっかちで、堅苦しい式部のような個性が生まれたとよく指摘されます。もっとも弟の惟規など多くの書物で賢姉に対し愚弟扱いされていますが、資料をよく読んでみますと神経質な式部と異なりわりあい図太い神経の持ち主で、一方和歌も相当の上手だったことが窺えます。

通俗な考察で、式部が持ち上げられたために、惟規は割を食ったように思われます。それに母親を早くに亡くし、父親に育てられたことが式部の暗く、かたくなな性格を作り上げたとの説も散見しますが、よくよく考えてみますと当時の貴族の子どもたちは乳母に育てられたはずで、はたして母親が早くに亡くなったことと式部の性格とがどう関連するのか、当時の子育ての実態などを含めもう少し考察を深めてみる必要があるような気がします。

また男と女とは違うという反論があるかもしれませんが、惟規と式部の性格の違いはどこから来るのでしょう。そうした点で、式部と恋愛、男性との関係を疑ってみる必要があるようにも思います。加えて清少納言などに対する仮借ない批評など、後天的というより、清水好子が指摘するようにこの人が持っていた生来の底意地の悪さ、つまり性格の欠陥のようなものを感じさせます。いい悪いは別にして、清少納言のあっけらかんとしたストレートな性格が『枕草子』を生み、逆に今述べたような式部の性格が複雑にして優美な『源氏物語』を生んだと言えるでしょう。

そのあたりに関しては、このあとの式部の恋、結婚、心の闇を扱った各章をお読みいただきたいと思います。また『源氏物語』の魅力については巻頭の林望のインタビューで存分に理解できると思いますし、この千年に及ぶ歴史で培われた傑作が、それゆえに孕む謎については第二部「『源氏物語』の謎」の各章をお読みいただければと思います。

道長あっての『源氏物語』

式部が今日の『源氏物語』（当時は『源氏の物語』あるいは『紫の物語』などと呼ばれていた

とされる）を書き始めたのは、夫の藤原宣孝が亡くなり、日常の寂しさを補うとともに、日々のつれづれを埋めるがためだったとされています。それが周囲の女性たちの間で評判となり、別稿にあるように一条天皇の中宮彰子に女官として仕える契機となりました。大きな役割を果たしたのは中宮の父親藤原道長で、彼は、定子中宮の下で働き関白家の朝廷内での支持基盤を固めるのに大きな役割を果たした清少納言と同じような役割を式部に期待したのです。『源氏物語』を清書・製本して、彰子中宮の皇宮への還啓に際しての手土産にしたのもその一環でした。その点で『源氏物語』はきわめて政治的な意味合いの濃い物語だったと言えますし、『紫式部日記』における清少納言への悪口雑言もそうした道長に忖度したものとも考えられており、そうした点からも式部は政治的でしたたかな女性だったと言えるでしょう。また道長が一部を書いたとか、改ざんしたかは別にして、彼なしに『源氏物語』は後世に残らなかったと言えるかもしれません。

式部の宮仕えは寛弘二（一〇〇五）年のことと考えられています。すでに長保二（一〇〇〇）年十二月に定子は亡くなっており、清少納言も宮仕えを辞めています。紫式部の宮仕えは、以後、彰子が皇太后となるまで続きます。後宮から身を引くのは長和二（一〇一三）年秋のことだと今井源衛は記しており、足掛け十年ほどの宮仕えということになります。

この間、式部は道長と男女の仲になったとみられ、一方で『源氏物語』を完成させていったものとみられています。その一方で、道長に批判的だった小野実資を皇太后彰子に取り次ぎ、道長からの圧迫により宮中より一時的に追われたと言われています。ある説によればそのまま里居を続けて亡くなったとされ、惟規の死、式部の死に衝撃を受けた父為時は越後守を辞して帰京、三井寺に入って出家したといいます。今井はその説を採らず、彰子が皇太后となったのち女官を辞し、仏教に帰依しながら五十歳ごろまで式部は生きたものと見ています。（清）

コラム①　紫式部は二人いた？　驚きの異筆論の数々

「紫式部は二人存在した」という信じがたい説を唱えたのは、作家の藤本泉でした。藤本は道長の愛人ともされることがある紫式部が、「源氏勝利、藤原氏敗北」のプロットを作ったとするには無理があるといい、紫式部が『源氏物語』を記したことを示す唯一の証拠である『紫式部日記』も、後世の人が記したものではないかと指摘します。そうした推測から、藤原為時の娘であり歌人の「紫式部」と、『源氏物語』にかかわりのある「紫式部」の二人の存在を想定し、二人がのちに混同されてしまったのではないかという結論を導きだしました。にわかには信じられない説ですが、紫式部の署名が記された『源氏物語』が存在しない以上、この物語の作者については推測を重ねることしかできないのです。

実際に『源氏物語』を紫式部一人が書いたものではないとする説は、古くから存在しました。鎌倉時代から存在する説に、紫式部と藤原道長の合作だというものがあります。紫式部の作を藤原行成が清書した際、道長が「自分も創作に参加した」と奥書を加えたという『河海抄』の一節によります。『花鳥余情』には、本当は紫式部の父である藤原為時の作で、細かなところを紫式部が書いたとする説があります。こうした説が唱えられたことには、「女性である紫式部が、あれほどの大作を一人で書きあげられるはずがない」というような、根強い女性蔑視の感覚がありました。

物語を二分して、「幻」までを紫式部が、「匂宮」以降を娘である大弐三位が記したという説もあります。この説は、中国の歴史書『漢書』の成立になぞらえた、信憑性の低い類推だと言われています。ほかにも、宇治十帖に連なる「匂宮」「紅梅」「竹河」の三帖については、古くは中世末期から異筆説が唱えられています。

いろいろな説を紹介しましたが、実際のところ現在の学界では『源氏物語』の作者が紫式部であるということは、『紫式部日記』や『紫式部集』から、ほぼ確かなことと言われています。それでは、どうしてこれほどまで多く異筆説が唱えられたのでしょうか。理由のひとつに、五十四帖のなかで文体・文学性が一貫していないという問題があります。「宇治十帖」の直前に置かれた三帖が、「雲隠」以前に比べると文学的に劣るという指摘はつとにされており、異筆説の論拠とされてきました。

文体の違いに関しては、各巻の頁数、和歌の使用度、文の長短、品詞別単語頻度などを統計学の手法を用いて分析した研究が存在します。その結果、控えめな論調ながら「宇治十帖は、他の四十四帖と、文体がやや異なっている」という結論が導き出されました。

もうひとつは、構造上の齟齬の問題です。例えば、夕霧は「竹河」で左大臣に昇進していますが、なぜか以降の巻では以前の官職である右大臣として登場しています。有名なものでは、光源氏の恋人である六条御息所の設定上のミスもあります。「賢木」で語られた彼女の経歴が、「桐壺」の記述と矛盾しているのです。このように、『源氏物語』には設定上の齟齬が散見されます。

こうした齟齬が、物語が複数の人々の手によって作られたのではないかという推測を呼びました。古い時代、物語は第三者の手によって改訂され、流布されるのが当たり前でした。現在の我々が手にする『源氏物語』が、多くの人々の思考のフィルターを通過した、いわば共同制作であることはまず間違いないのです。（北）

第二章

紫式部は実在したのか

紫式部は何と呼ばれていたのか？

紫式部非実在説が出てもおかしくないほど、式部には謎が多いのです。紫式部が『源氏物語』の作者だという説を疑う研究者さえいるくらいです。

そうした謎のうち、ここでは彼女の名称について考えてみたいと思います。「ギョエテとは俺のことかとゲーテ言い」という川柳ではないですが、式部が彼女の仕えた中宮彰子や、同僚である和泉式部、あるいは赤染衛門たちから「紫式部」と呼ばれていたかというと、その確証はありません。当時の記録には出てこないのです。

赤染衛門の作と伝えられる歴史物語『栄華物語』にあるように、彼女は宮中においては「藤式部」と呼ばれていたとするのが一般的です。いうまでもなく当時は男尊女卑の社会であり、女性は皇后や宮家の姫君などを除くと本名を名乗る（あるいは書き記される）ことはまずなく、父親や夫の姓にその役職名を付けて呼ばれるのが普通でした。紫式部の場合、父親藤原為時が式部省の三等官である丞（後に大丞となっている）をつとめたことがあったことから、藤式部と呼ばれたと考えられています。和泉式部も最初の夫が和泉守をつとめたことがあり、父親がやはり式部丞をつとめたことがあったとされ、そう呼ばれたのだと言います。

伝わっていない本名

式部の本当の名前は何だったのでしょう。かつて角田文衛が「香子」だという説を発表し、話題を呼びましたが、多くの研究者の賛同を得るに至っていません。王朝文学のもう一人の旗手、清少納言もその点では同様です。対して歌人として知られ、やはり後年彰子に女官として仕えた式部の娘の大弐三位の場合、「賢子」という名が知られています。

これは彼女が親仁親王の乳母をつとめ、のちに親王が後冷泉天皇として即位したため従三位に昇叙されるという幸運があったからです。いずれにしろ、式部にも何らかの名前があったことは間違いありませんが、現状、不明というしかありません。

紫式部と呼ばれるようになった理由

では「藤式部」がなぜ「紫式部」と呼ばれるようになったのでしょうか。これには大きく分けて二つの説があります。ひとつは『源氏物語』とかかわってのもの。もう一つはそれ以外のものです。学者・研究者のあいだでは、やはり前者の『源氏物語』とかかわってのものが支持を得ているようです。まず平安末期に藤原清輔によって書かれた歌学書『袋草紙』などにある説で、『源氏物語』前・中半のヒロインである紫の上が最初に登場する「若紫」がきわめて新鮮かつ印象的に描かれていて、多くの読者をひきつけたことから、作者もその連想で「紫式部」と呼ばれるようになったというもの。それとやや重なりますが、幼い姫君の時代から末年の厭世的な心情を抱き、亡くなるまでの紫の上の生涯を感慨深く描いたことから、そう呼ばれるようになったという、『河海抄』などにある説。

第三の説はこうです。『紫式部日記』に左衛門督藤原公任が式部らの控えていた几帳を引き上げ、「このわたりに、若紫やさぶらふ」、つまりここに「若紫さんはいらっしゃいますか」と、からかい半分に式部に問いかけた一節が記されています。それに対する式部の反応はいかにも彼女らしいえらくそっけないもので、事実そうしたことがあったかどうかも不明です。しかし現在までのところ、式部在世中に「紫式部」とまで呼ばれていたかどうかは別にして、あだ名として「紫さん」くらいには呼ばれていた可能性が高いというのが、多くの識者の認識です。

式部と「紫のゆかり」

ではその他の説にはどういうものがあるでしょうか。一つは紫色が色彩の中でもっとも高貴な身分の人が身に着ける色とされ、そうしたこともあり、光源氏の生母桐壺の更衣、源氏が恋情を燃え上がらせた藤壺の宮、その姪にあたる宮家の少女で源氏が引き取り、成長すると妻にした紫の上。いずれもその名が紫色にかかわっています。

またある時期、紫式部の母親が一条天皇の乳母だったという誤謬の説が流布し、式部もまたこの高貴な「紫のゆかり」につながるものとして、そう名付けられたと『中古三十六歌仙伝』、などで記されたのです。しかしこれは前提からして明白な誤りです。ほかに藤という名がいかにも優美さにかけており、それで紫式部と改名したのだという説もありますが、当時の命名のしきたりから言って、これも取るに足りません。

その他の説では、事の当否は何とも言えませんが、高崎正秀が唱える式部の父系祖母方とかかわる古来からの伝承文芸が、「紫の物語」すなわち『源氏物語』と姿を変え、紫式部の名乗りもそのことと関連するのではないかという説も詳細は省きますが、個人的にはなかなか興味深いところがあります。

多少付言しますと、折口信夫がわが国の古伝承上の英雄像「いろこのみ」と捉え、光源氏もまたその延長線上に存在すると示唆されています。後世、紫式部がなぜああいう好色な人物を主人公に据えたのか、論議を呼びましたが、父系母方より伝わる伝承を受け継いだとすれば、理解しやすいように思われます。

いずれにしろ、紫式部という名は、彼女が存命中に『源氏物語』の作者として定着したとは言い切れないようです。その意味で、紫式部は依然、霞の彼方に存在しているとしか言いようがありません。（清）

第三章

紫式部の恋

なぜか遅かった結婚

「光源氏」という、月から舞い降りてきたかのかぐや姫にも匹敵するような類まれなる美名で呼ばれる美男子・聖男子にして、桐壺帝の皇子として生まれて臣籍に降下、多くの女性に愛され、政治の世界でも辣腕を振るい位人臣を極めた人物を創造した紫式部。彼女自身はどのような男性に恋し、また愛されたのでしょうか。

そんなことを考えてみても物語を理解する上では何の意味もないと言う人もきっといるでしょう。確かに作家が作品を生み出し、主人公を創出する際、自らの実体験やモデルなどは云々すべきではないという論者は少なくないようです。

それはともかくとして、式部の正式な結婚は、今井源衛などの説によると、彼女が二十九歳の時と見られています。いわゆる「アラサー」ですが、当時の五十歳前後という平均寿命からすると「アラフォー」と呼んだほうが正確かもしれません。要するに世間一般よりかなり遅れて結婚したわけです。定本視されている今井の『紫式部』によれば、「令制（当時の法制度）では男子十五歳、女子十三歳以上は結婚が許され、事実上も男子は二十歳未満、女子は十五〜六歳（が普通で、十二、三歳でも結婚した）例も珍しくない」と記されており、例えば式部と何かと言えば比較される清少納言が最初の夫橘則光と結婚したのが十六歳だと言われていますし、中宮彰子の下で女官として席を並べ、それに先立ち夫がいるにもかかわらず為尊親王・敦道親王兄弟と浮名を流したことで知られる和泉式部の初婚は十九歳の時とされています。いかに式部が晩婚だったかが分かります。

結婚前に何があったか

とはいえそれまでに式部に恋愛関係や男女関係がなかったとは、必ずしも言えません、彰子中宮の下でともに女官として仕え、唯一信頼できる人と式部自ら記している赤染衛門にしても、女性として強い自負心を要していた『蜻蛉日記』の著者道綱の母にしても、結婚前のある時期には男性関係があったことを文面にほのめかしています。儒教に基づく性的な多くの制約がさほど進行しておらず、万葉時代ほどではないにしろ性の関係はまだまだゆるやかだったのです。男女の愛の物語を読みふけっていた早熟の紫式部が、その枠外にあったとはどうも考えづらいように思われます。

そうしたこともあり、今井は「二十三～四歳（中略）宣孝と結婚前に彼女は他の男性と交渉があった」と類推し、「当時のことであるからそれは当然肉体的なものも含んでいると考える（べきだ）」としています。

この今井の推察は、『紫式部集』にある次の和歌に関する、石川徹の解釈に多くを依拠しているようです。まずその歌から紹介しましょう。

方違《かたたが》へに渡りたる人のなまおぼおぼしきことありて帰りにけるつとめて、朝顔の花をやるとて

おぼつかな　それかあらぬか　明け暮れの　空おぼれする　朝顔の花

概略を訳してみますと、当時の風習である方違えで、ある夜、式部も住む父為時の屋敷にやってきた一人の男が、彼女の部屋に入りけしからぬことをしでかしたのです。式部は次に（つまり結婚に）つながるものと身を任せたところ、男は翌朝、好きだとも、また来るとも言わずに黙って帰っていってしまったのです。そこで式部は「（私に対するあなたの行為は）本気だったの、気まぐれだったの」と問いかける意味で、翌朝、この詰問の歌とともに朝顔の花を添えて送ったというのです。

この歌のやり取りにはまだ続きがあり、内容も複雑なので、なかなか本当の所は分からないのですが、岡一男が指摘するようにこの男は別の男ではなく後に夫となる宣孝であり、すでに二十代半ばころから二人の交際は始まっていたのであろうと推測されています。ただ二人の関係はぎくしゃくしたもので、琴瑟相和し、常に仲睦まじいものだったとは必ずしも言い切れないものだったと岡は見ています。

予想される裏切られた恋!?

宣孝との関係は別原稿に譲るとして、資料には残されていませんが、筆者は多くの女性たちと同様に、式部は十代で相手は不明ですが誰かと恋愛関係になったか、結婚したのではないかと思います。それが青春という言葉をイメージさせるような楽しいものではなく、裏切りに近い悲劇的な結末を迎え、彼女の心に深い傷を残したのではないかと推測するのです。宣孝とのやり取りに見る、男性に対する根強い疑い深さに、そうした体験を感じさせます。また、彼女の一生を通じて度々口をついて出る「憂きこと」などという言葉も、何かそうした体験を思わせます。

十代の式部は、曾祖父堤中納言の残した広大な屋敷に、隣接して分かれて住む従姉妹、あるいはまたいとこたちと和歌のやり取りをするなどして、割合、なごやかに暮らしていた気配があります。それが一転、暗く懐疑的で、時には攻撃的な性格の人間に変わったのは、そうした悲劇を経験したからではないかと想像されるのです。『源氏物語』には数多くの恋愛ドラマが描かれていますが、あっけらかんとした楽しい、陽気な恋愛劇がまったくと言っていいほど描かれていないのも、そうした作者式部の若き日の恋愛体験がかかわっているのではと想像させます。（清）

第四章

突然幕を下ろした三年余の結婚生活

新郎は二十歳余も年上だった

式部の結婚は、四、五年若く見る説もありまが、今井源衛の説をとると彼女が二十九歳の時になります。相手は同じ藤原北家に属する宣孝でした。系図上では式部とまたいとこの関係に当たりますが、二十歳余りも年長で、むしろ父親の為時に近い年代でした。すでに数人の妻があったことから知られるように、新婚ながら後妻のような立場だったと考えられます。

宣孝は、式部が内気ながら自我が強く、理屈っぽい性格であったのに対し、割合人柄は明るく、その分おおざっぱで無神経、軽率なところのある人物でした。まだ若いころ、賀茂臨時祭りの折、駒引きという自らが果たすべき役目を忘れて譴責されるなど、いくつかの失敗談が残されています。歌も多少は詠んだようですが、それ以上に歌舞に長じていたと伝えられています。

ただ、堅物で要領の悪い為時とちがい朝廷内では如才なく振る舞い、着実に地歩を築いていました。同じ藤原北家の系統とは言うものの、宣孝の曾祖父定方は右大臣まで昇っており、父親為輔は正三位権中納言、太宰卒（大宰府の長官）をつとめています。早くに受領階級に落ちた式部の家よりは、少し格上だったことが彼の累進に影響しているとも言えるでしょう。現に、為時が国守への任官を必死に運動しているころに、宣孝はすでに周防、山城、筑前などの数カ国の国守をつとめ、その後従五位下中宮大進に任ぜられています。これだけ国守をつとめていれば、家産も相当あり、家計も豊かだったと考えられます。

式部に執心する宣孝

それにしても宣孝は、あまり美人ともいえず、何かとうるさそうな式部をなぜ妻に迎えようとしたのでしょう。

彼の執心ぶりはなかなかのもので、それは例えば次のようなエピソードからも窺えます。正式に結婚を受け入れる前のことです。父為時の越前赴任に同行していた式部の下に、都にいる宣孝からしきりに求愛の手紙が届いたようです。しかしそれに対して式部は次のような実に連れない返事を送っています。京都を発つに際して、宣孝が「春になったら、難破して若狭（福井県西部）へ漂着した宋（開封を都とした中国の王朝）人を見がてら、越前へ行きますよ」と式部の歓心を買うようなことを言っていながら、まったくそうした気配を見せかったからです。

式部は、そこでこういう歌を書き贈ります。

春なれど　白嶺のみ雪　いや積り　とくべきほどの　いつとなきかな

春になりましたが、加越国境にそびえる霊山白山の雪は降り積もるばかりで何時解けるか分かりません。同様に私の心に張っているあなたへの冷たい心もいつ解けることでしょうね。あなたが不実である限り解けることはないですよといった意味になるでしょう。それというのも式部の下に、都にいる宣孝が別の女性をせっせと口説いているという噂が聞こえてきていたからです。宣孝は軽率で、わきの甘い人物だったのです。

愛情より虚栄心を満たすためだった⁉

宣孝が式部に執心したのは、いくつか理由が考えられます。何と言っても式部が漢学者として都でも名高い同族の為時の娘であり、すでになかなかの才女だと名が知れ始めていたからでしょう。しかも他の妾妻と違い若い。だから式部を何とか妻の一人として迎えたかったのでしょう。そんな式部を娶ることでわが身の栄華をわずかなりとも飾りたいという欲望もあったに違いありません。消極的には、そのころたまたま嫡妻が亡くなったことも理由の一つとされています。なんだか補欠のような扱いで、式部としてはおもしろくないことこの上ない話です。

それでも越前にいること一年半余、長徳三年（九九七）秋から翌春にかけてのある時期、都への恋しさが募る一方で、たぶん宣孝としては面倒くさい女だなと思いつつでしょうが、早く帰ってきて結婚しましょうとかき口説く手紙をしきりに送ってきたものだから、嫁き遅れを十分自覚していた彼女は折れて出て都へと向かったようです。二十代半ばに一度身を任せたという説が本当なら、一度体を許した女の弱さもあったかもしれません。この点に関して、今井は「すでに過去において結婚に失敗した経験のある女としての負い目」もあったと記しています。三十歳直前まで独身だったことを見ますと、頷ける説です。

長徳四年秋、父と住んでいた母親の残した屋敷に宣孝を迎え入れ、式部は結婚しました。工藤重矩の説を借りれば、正式の結婚であれば、新枕を交わしてから三日目の晩に三日夜餅を食べるのですが、式部の場合、いわゆる通い婚ですからどうだったか分かりません。しかしそれはそれで胸は喜びで一杯だったに違いありません。

しかし宣孝は公務に忙しいだけでなく、もう老齢と言っていい年にもかかわらず洛中各所に住む妻妾の下に通わなければならず、新婚とはいえ式部の下に頻々と訪れるわけには行かなかったと思われます。しかし長保元年（九九九）式部は妊娠し、一人娘賢子を産みます。何かとさざ波の鎮まらない夫婦ですが、このころの家庭はいっ時の平安を見ていただろうと思われます。

鬱々とした思いの中で

ところが娘が誕生したからなのか、宣孝の「夜がれ」（夜の訪れが遠のくこと）が続くようになり、式部は、あなたはもう私（の体）に飽きたのですかなどというささか艶っぽい手紙を送り、痴話げんかを起こすなどしています。この時期に至り、式部は女としての喜びを知り始めていたのでしょう。

そんな折も折、賢子が満三歳にもならぬ長保三年四月、宣孝は流行していた疫病で急死してしまいます。式部の好きな白居易の言う「比翼連理」とは程遠い宣孝との仲でしたが、いざ亡くなられてみると夫婦仲の穏やかだったころのことが否応なく思い出され、美化される一方、自分と娘の今後の生活などのことを考えると不安でたまらなかったものと考えられます。そうした鬱々たる思いを抱える中で、式部は読みなれた竹取の翁の物語や伊勢物語などに習って、自分らしい物語を書いてみようという思いにとらわれ始めたものと思われます。(清)

第五章

紫式部と藤原道長の怪しの関係

『尊卑文脈』に記される「道長妾」の文字

今どきの週刊誌ならば、時の最大の権力者と人気爆発中の女性物語作家とのスキャンダルを、これでもかこれでもかと書きまくったに違いありません。何しろ藤原道長と紫式部の艶聞ですから、都の紳士淑女はこぞって読んだに違いありません。

夫宣孝の死後、紫式部には浮いた話など、少なくともあからさまに記されたものはまず残っていません。言い寄ってくる者は少なくなかったようですが、娘の賢子を養育しながら、貞淑な寡婦として、母親から譲られた曾祖父堤中納言伝来の屋敷で、後年の『源氏の物語』をひそかに書き綴っていたのではないかと推察されています。もっともそれ自体、彼女の自分を高く売るための擬態だったのではないかとの疑いを抱く研究者もいないわけではないのですが。

というのも、平安・鎌倉期の高貴な人たちの系図などを記した『尊卑分脈』という書物の「紫式部」の項には「源氏物語の作者」とあり、なおかつ「御堂関白道長妾」と疑いもなく記されているのです。この妾は今日の「お妾さん」ではなく、多分、「妾妻」だと考えられます。つまり嫡妻でこそないですが、第二夫人とか第三夫人とか言った意味です。『尊卑分脈』がそれほど信憑度の高い資料ではないので、従来は多くの研究者が無視するか、否定するかのどちらかでしたが、昨今では風潮が大きく変わってきているようです。当時は、男も女もさほど窮屈な性的モラルの下で生きていたわけではないと考える向きが増えてきているのです。ことに朝廷に女官として仕えた場合、かなり男女関係が乱れざるを得なかったと考えられているのです。

道長との深い因縁

式部にとり道長は彰子中宮の下に出仕するよう強く促した人物です。彼女がそれを喜んで受け入れたどうかは残された資料を読む限り判断付きかねるところですが、父為時は越前守を辞した後、高齢ながら越後守になるなど、またいとこでもある権力者道長の恩恵を十分に感じていたであろうし、式部もまた同腹の惟規のみならず異腹の弟たちの前途のことも考えると、道長の意向を忖度せざるを得なかったはずです。加えて、自身のまたいとこに当たる道長妻で、中宮彰子の実母である源倫子の働きかけがあったことも考えられます。さほど計算高くなくとも、彰子の下に出仕することに関して嫌とは言えない立場にあったと思われます。

道長としては、今はさほど敵視する必要はなくなったものの、かつて中宮定子のサロンにあって『枕草子』で文名を馳せ、一条天皇と朝廷の世論を大いに定子方にひきつけるに功のあった清少納言と同様な役割を式部に期待していたのです。定子も亡くなり、政敵だった中の関白家を事実上瓦解させた道長は権力の頂点に立ちつつありましたが、彰子にはまだ男児がおらず、その権力基盤は盤石だとは言えませんでした。それゆえ、一条天皇を彰子にさらにひきつけるためにも、式部の文才への期待を高めることはあっても弱めることはありませんでした。

好意と駆け引きと

道長は、寡婦となった式部が密かにある物語を書いており、それが彼女の周辺の女性たちから始まり、次第に宮廷内外で大いに話題になってきていることを知ると、式部を半ば強引に彰子の皇宮に女房として招き入れたと考えられます。

『紫式部日記』をそのまま読むと、式部は内向的で目立つことを嫌い、年齢のこともあり若い女官の多い宮中へ入ることに積極的ではありませんでした。『源氏の物語』が大きな話題になることも好んでいなかったように読めます。また宮中に入った後、四歳ほど年長の道長が親しげにわが身にすり寄ってくるのを、何とかして押し返しているようにも見えます。しかしそうは言いながら、藤原公任が式部がいるあたりの几帳を巻きあげて、「このわたりに、若紫やさぶらふ」と言ったなどと書いたり、道長が自分の局へやってきて夜分しきりに入り口をたたいたなどと書いたり、高まりつつある自分の名声や道長との親密ぶりを、それとなくですがあちこちに書きつけています。

『紫式部日記』は式部自筆ではない、誰か別人が編纂したものだとか、式部が書いたにしても一部は改ざんされているだとか、諸説ありますが、否定できないのは式部が権力者道長をよく言われるような横暴で傲慢な、権力奪取のためにはいかなることでもする男としてではなく、教養もユウモアもある、娘思いの優しい父親として描いているということです。こうしたことを勘案すると、式部は権力者道長を持ち上げつつ自らを巧みに売り込むことができた、なかなかにしたたかな女性だったのです。それなりに好意も抱いていたのでしょう。

式部は宮仕えをいとい、しばしば宮中から下がり、自邸へ帰っています。道長から特別扱いされていたのでしょう。ほかの女房と異なり、中宮の家庭教師的な役回りだったのではないかとも言われています。これまでは、それほどに式部は宮廷暮らしが嫌だったのだとか、とにかく『源氏の物語』を書きあげたかったのだとかいうように理解されてきましたが、仮にそうであったとしても、一女房がそれほどのわがままを通せたとは考えづらいと思われます。道長と渡り合い、自らの意思を通すだけの芯の強さと、しなやかな交渉力を彼女は持ち合わせていたに違いありません。

並びなき権力者とろうたけた才女の恋

しかしそれだけで、あの道長の心を動かせたでしょうか。道長といえども男です。若くて美人に惹かれただろうことは否定できません。しかしそういう女性なら彼の周りにたくさんいたはずです。しかし美貌という点では多少点数が低く、またいくらか年齢がいっていたとしても、世に並びない才人、和歌の達者で、漢詩文に通じ、しかも今や朝廷内外で誰知らぬ者のない『源氏の物語』の書き手は一人しかいません。その才女をわが物にしようと、権力者道長は欲望をたくましくしたに違いありません。萩谷朴は「有能な女性をわが物とする占有欲」だと、その点を説明しています。

ただその占有欲だけが道長と式部をただならぬ関係に導いたかというと、いささか根拠薄弱と言わざるを得ないと思われます。その点で、大きな補強材料になるのが角田文衛の考察です。

「道長の数ある妻妾をここに吟味してみると、彼はいつも親族の範囲内で、夫と離別したり、未亡人になったりした婦人を求めて妾妻とし、彼女らをそれぞれ自分の娘や、娘が生んだ皇子女の側近に配し、一方では補佐させ、他方では情報提供者としたことがわかるのである」

道長の並々ならぬ人使いの才覚が窺われます。そして式部は、まさにその条件にぴったりということができます。その関係を、恋と言えるかどうかは別にしてですが。

式部の道長妾説を補強する事実は他にもまだ残されています。

道長あっての『源氏物語』か

道長は一条天皇をさらに彰子中宮にひきつけるように動きます。定子が亡くなり、政敵の中の関白家を事実上崩壊させた彼は、権力の頂点に立ちつつありましたが、寛弘五年（一〇〇八）

十一月、待望の皇子の出産を終えた彰子が内裏へ還啓する際に、式部の書いた物語を冊子として手土産にすることにし、紙や筆、硯の提供はじめ、さまざまな支援を行います。冊子づくりの責任者はいうまでもなく式部でした。式部の名誉心はいたく高揚したに違いありません。

そうした折も折、次のような事件が起きます。今井は『紫式部』においてこう記しています。「そのどさくさの際であろう。渡殿の局に里からもってきて隠しておいたの（『源氏の物語』の別稿）を、式部の留守中に道長が無断で持ち出し、中宮の妹の妍子に与えてしまった」。妍子は東宮居貞親王（のちの三条天皇）の後宮に入っており、道長は次代の中宮にと目している娘妍子の権威付けのために、式部の隠しておいた原稿を秘密裏に持ち出したものとみてよいでしょう。

問題はなぜ道長がその原稿の所在を知っていたのか。知っていたとしても式部の局のどこに置いてあるかまでなぜ知っていたのか、です。『紫式部日記』などを読むと、先に記したように式部が道長という縁力者を割合好意的に見ていることが分かります。歴史書で描かれているようなあくどい、権力の亡者という目では見ていません。二人の和歌のやりとりを見ても、実に親しげです。珍しいことに、何事にもネガティブな式部が権力者の大きな懐に抱かれて安心しきっているようにさえ見えます。

後宮の奥で、並びなき権力者と美人でこそないがろうたけた才女がいかなる絵巻を繰り広げたのか。『源氏物語巻絵巻』に劣らぬ一幅の艶なる絵柄が思い浮かびます。

第六章

偉才を生んだ家系と歴史的背景

「堤中納言」の名で知られる曾祖父

『源氏物語』がそれ以前の『伊勢物語』などの伝統を汲み、ストーリー展開や表現の奥深さなどを描出するために多くの和歌を用いている、いわゆる歌物語の流れに位置づけられることを否定する人はまずいないでしょう。

作中の数多い和歌の中で、珍しく三度にもわたって用いられている歌があります。

人の親の　心は闇に　あらねども　子を思ふ道に　まどひぬるかな

がそれで、作者は藤原兼輔で「堤中納言」の名で知られ、紫式部の父方の曾祖父にあたります。すでに記しましたが、式部の父方、実は母方もそうなのですが藤原北家の流れを汲み、摂関家を形成する良房の弟良門が祖となります。ちなみに母方の祖はその兄長良です。父方は良門―利基―兼輔―雅正―為時（式部の父）と続きます。

天下の実権を握った摂関家の弟の一族でありながら、この家系はあまり光が当たることはありませんでした。為時の代に至るまで、三位以上の公卿に任じられたのはただ一人、先の歌を作った兼輔のみです。

この歌は、彼の家集『兼輔集』などによると、宴会の席で子どもがかわいいという話になった時に歌ったものだそうですが、三十六歌仙の一人に選ばれるだけあって歌の巧みさは言うまでもありません。が、それに加えて子のことを思う親の気持ちが率直に表現されており、多くの人の共感を得て名歌と評されたのだと思われます。どこか人間音痴のところが感じられる紫式部も、曾祖父のことでもあり、そのあたりの心優しさを十分感じ取れたのだと思われます。加えて受領階級の娘であることにコンプレックスを抱いていたらしい式部にとり、家系において唯一公卿に任じられた曾祖父を心から尊敬していたに違いありません。それが『源氏物語』中にこの歌を三度にわたり用いた大きな理由の一つかと思われます。

兼輔は二十一歳で昇殿を許され、蔵人、蔵人頭と順調に昇格、四十五歳で参議、五十一歳の時権中納言となり、従三位に叙せられています。彼がこのように昇進できたのは、それなりに実務をこなす能力があったからでしょうが、やはり和歌が巧みであった点が、時の天皇醍醐やその前の宇多天皇に寵愛されたからだと見られています。そのことを窺わせるのは、娘の桑子を醍醐天皇の後宮に送り込んでいることです。中納言程度の身分としては珍しいことでした。この醍醐とのかかわりは『源氏物語』創作上にも重要な意味を持っており、その点については後述します。

蓄積された多くの和歌集、史書、漢籍

和歌と家系の話に戻しましょう。兼輔には五人の男児がいたようですが、長男雅正、次男清正、三男守正は各地の受領をつとめる一方、歌人としても知られ、勅撰集『後撰集』に入集しています。中でも雅正は紀貫之や伊勢御といった当時の有名歌人と昵懇の交わりを重ね、伊勢御と交わした歌は、『源氏物語』中の歌に材料として使われています。

この雅正の長男が式部の伯父にあたる為頼です。摂津、丹波の国守をつとめ、従四位下太皇太宮亮が極官です。彼は漢詩文に秀でた弟為時と異なり、私家集『為頼集』を残しただけでな

く、勅撰集に十一首入集している歌の巧でした。なかなか心暖かい人だったらしく、必ずしも平穏に過ごしているとは思えない姪の式部に常にやさしく温かい目線を向けていたように思われます。そうではないかと推察される歌二首が『為頼集』に残されています。

越前へくだるに小袿《こうちぎ》の袂《たもと》に
　夏衣　うすき袂を　頼むかな　いのる心の　かくれなければ
人の遠き所へゆく母に代りて
　人となる　程は命は　惜しかりし　今日は別ぞ　悲しかりける

今井源衛はこの歌に関して、「この詠歌年時や事情は不明」としたうえで、こう解説しています。「もしその弟為時が長徳二（九九六）年に越前守となって下った当時の餞別の歌であるとすれば、この小袿の送り先は必ずや、この時父為時に伴われて下った紫式部であろう。『夏衣』の歌意は、『この夏衣の薄い袖を道中安全の心頼みとする事です。私があなたの無事を祈っている気持ちがよく分かっていてくださるだろうから』である」。二つ目の歌は、弟為時と姪の式部が遠い越前まで下ることになりました。私は母、すなわち式部の祖母に代わってこの送別の歌を詠みます。人は年取るにつれ命のはかなさを実感するものです。私もこの先そう長くはないでしょう。それだけに今日の別れが悲しくてなりません、といった意味になるかと思われます。それにしても母親の心を汲んだ、情愛あふれる歌だと思われます。

冒頭、『源氏物語』には数多くの和歌が活用されていると記しましたが、西沢正史によるとその使われ方は大別すると三つに分かれるそうです。一つは和歌から物語を構想するというもの。二つ目は人物や場面の表現において引き歌、つまり地の文章あるいは和歌に、古歌の一部を取り込んで文章に深みや味わいを感じさせることです。そして三番目には場面や趣向において有名な歌語や歌人を利用することだそうです。

よく紫式部は博覧強記で、多くの和歌を暗記しており、必要な折にたちどころに思い起こすことができたと言われることがあります。漢籍や漢詩文、あるいは記紀の記述などについても同様です。しかしコンピュータならいざ知らず、一人の人間の脳が記憶できるデータ量などたかが知れています。検索し引き出すとなればもっと少なくなります。

式部は二次テキストを用いたとされていますが、『万葉集』だけ取っても、収載のおよそ四千五百もの和歌をすべて記憶することなどまず無理です。『源氏物語』の場合、『万葉集』にとどまらず、『伊勢物語』など歌物語に収載のもの、『古今集』などの勅撰和歌集、さらには幾多の私歌集まで利用していますから、その数は限りがないというしかありません。

もちろん当時は図書館もありませんし、和歌の全集もありません。では式部は、必要な和歌をどこから探し出してきたのでしょう。別稿にも触れたように式部は堤第と呼ばれた曾祖父堤中納言の残した広大な屋敷跡地に、伯父や大伯父たちとほとんど隣あわせで住んでいたと考えられます。若年のころから和歌はもちろん、漢詩文や物語などを好み、手当たり次第に読み漁ったであろう式部は、早くからこの親戚の家々に入り浸っていたに違いありません。ちなみに彼女の別の曾祖父藤原文範は参議にまで昇り、法制の専門家として知られ、その次男で式部の大伯父にあたる為雅も歌人として名を残しています。

式部は長じて『源氏物語』を書くに際して、あの本はどこに、この資料はどこにと掌をさすように見つけ出すことができたのではないでしょうか。つまり堤第近傍の親せきの屋敷が彼女にとって一大図書館、資料庫だったに違いありません。

式部一族と醍醐帝との複雑で深いかかわり

『源氏物語』と式部の家系にかかわって、もう一つ注目したいことは、この長大な物語は男女の愛の物語だとされますが、一方で歴史物語という側面を持っていることです。よく言われることですが、『源氏物語』が書かれたのは天皇親政が崩れ、藤原氏による摂関政治が確立しつつあった時代です。その時代に摂関家を中心にした物語でなく、光源氏という一世源氏を主人公にして、桐壺—朱雀—冷泉と続く天皇親政の時代を描いているのです。

この三代の天皇は、式部の時代より百年ほどさかのぼる醍醐—朱雀—村上天皇の時代をモデルにしています。というのは、実際の世の中はどうだったかはともかく、このころは後世、「延喜・天暦の治」と呼ばれて天皇親政が理想的に行われた時代とされています。藤原北家の一族ながら傍流でしかなかった式部の複雑な時代を見る目がそこには窺えます。

ただそれだけではなく、式部の一族は先の堤中納言だけではなく、醍醐帝と少なからぬ関係があるのです。家祖良門の弟に高藤という人物がおり、娘胤子を宇多天皇の後宮に入れると、生まれた子が醍醐帝として即位、彼自身は外祖父として内大臣にまで昇っています。高藤には二人の息子があり、次男定方はやはり醍醐帝とのかかわりで左大臣にまで昇ります。この定方の三女が堤中納言兼輔に嫁ぎ、十一女がその長男雅正に嫁ぐという二重の婚姻関係になっています。

先の「母に代わりて」の母、つまり式部の祖母は左大臣定方の十一女になります。さらに式部の母方の家系を辿ると宇治の大領宮道弥益《みやじいやます》という人物に至りますが、実は彼の娘が藤原高藤と結婚し、宇多天皇に嫁いで醍醐を生んだ胤子をもうけたという関係になります。

いずれにしろ母親を早くに失った式部は、幼かりし頃から優しい祖母のかたわらにあって、醍醐帝時代の我が一族の他を圧する繁栄と、同時にその時代がいかに素晴らしく平穏で豊かな時代であったかを聞かされて育ったに違いありません。延喜・天暦の治世をモデルにした物語を彼女が書き記そうと考えたのは、摂関家への多少の妬みと反発に加え、そうした家系に生まれたことも大いに関係していると言って間違いではないでしょう。（清）

第二部

『源氏物語』の謎

第一章

謎だらけ「王朝文学の代表作」

成立当時、『源氏物語』は知られていなかった

現代の教科書には「『源氏物語』の作者は紫式部」というように断定的な記述をされています。鵜呑みにしている人が多いのですが、実は数々の疑問があります。

まず『源氏物語』を紫式部が書いたという決定的な証拠は、どこにもありません。もちろん式部以外の人が『源氏物語』を書いたという証拠もなく、誰が書いたのかは分かっていないのです。学者の見解も、式部一人が作者だとする言わば「式部派」と、そうでないとする「アンチ式部派」に分かれています。

アンチ式部派の中には式部以外の人が全部書いたとする人もいれば、式部以外の人が一部を書いたとする人もいます。例えば歌人の与謝野晶子は『新訳源氏物語』の著者でもありますが、物語の後半は式部の娘である大弐三位が書いたとする説をとっています。式部以外の誰が書いたのかについても意見が分かれます。

『源氏物語』の著者について言及する際、単純に「式部は〜」と当然のように記述する研究者は式部派です。アンチ式部派の研究者は「『源氏物語』の著者は〜」などの表現をしています。こうしたアンチ式部派研究者は意外に多いのです。

『源氏物語』は、いつごろに書かれたものなのかも不明です。後の時代の一三世紀終わりに『弘安源氏論議』では「『源氏物語』は寛弘（一〇〇四〜一〇一一年）の頃に成立し、康和（一〇九九〜一一〇三年）の頃に広まった」としています。しかし、この文献は物語成立から三〇〇年近く後の時代ですから三〇〇年後における推定に過ぎず、同時代の文献に出てきたというような信頼できる根拠ではありません。

『源氏物語』の成立に関して比較的よく引用されるのは『紫式部日記』と『更級日記』です。『紫式部日記』には文中に『源氏物語』と推定される物語についての記述があります。寛弘四（一〇〇八）年の記述とされる部分に「紫の上と光源氏のことが宮廷で話題になった」と式部が書いているので、『源氏物語』がその前に書かれて周囲には読んだ人がいた証拠だとされているのです。

また『紫式部日記』には「中宮彰子のサロンに父の藤原道長がやって来て源氏の物語について話題にした」と書かれている部分もあります。これを根拠に『源氏物語』の成立時期を推定する人が多いのです。

しかし『紫式部日記』の中に『源氏物語』が書かれているのは、この二カ所だけです。『源氏物語』の全体が完成していたのか、その一部だけが読まれていただけかも分かりません。また式部本人が『紫式部日記』の中で言うだけで同時代の他の文献でまったく言及されていないのはどうしてなのでしょうか。

作者が紫式部だと思われていなかったのでは？

通説では紫式部は天禄元（九七〇）年～天元元（九七八）年のどこかで生まれたとされます。その八〇～九〇年ほど後の『更級日記』に『源氏物語』が文献として初出しているのは、多くの研究者も注目するところです。

『更級日記』は菅原孝標の次女による回顧録です。著者は「孝標の女」と表記されることが多いのですが、「女」というのは娘という意味であり決して「愛人」という意味ではありません。

貴族の奥方だった孝標の娘が夫の死後に自分の生涯を振り返って記したものです。その中に彼女が少女だった頃『源氏物語』に夢中だったことが記されています。

彼女の父が国司として上総国（現在の千葉県中央部）にいた頃には「上総国には本などなくて姉や義母の口から物語のところどころを聞くしかないのがもどかしかった」とか、「『源氏物語』が読めるように私を都に返してくださいと仏様をつくってお祈りした」といったような描写があります。その記述から、都では『源氏物語』は彼女が上総国に移ってくる以前から知られていたことが分かるわけです。

菅原孝標が上総国の国司に任じられたのは寛仁元（一〇一七）年です。その頃までには、遅くとも都で『源氏物語』が読まれていたことになります。寛仁元年と言えば藤原道長が太政大臣になった年です。つまり藤原道長の全盛期には、もう都の一部で『源氏物語』は評判になっていました。

しかし『更級日記』には『源氏物語』の作者の名も、紫式部の消息もまったく出てこないという疑問があります。菅原孝標の娘が日記を書き終えたのは康平二（一〇五九）年とされています。『源氏物語』にはまり込んでいた菅原孝標の娘ならば、その作者がどんな人なのか関心を持つはずです。康平二年の時点では当時の平均寿命からみて紫式部はもう亡くなっていたことでしょう。物語の作者が死んだと知ったら哀悼の気持ちを日記に書いたはずなのに、その記述はないのです。

だとすると、紫式部が生きていた間には式部が『源氏物語』の作者だと一般の人が知ることはなかったのかも知れません。少なくとも菅原孝標の娘が『更級日記』を書き終えた康平二年には、『源氏物語』の作者は紫式部と思われていなかったと見ることもできるわけです。

内容が異なる異本がたくさん存在する謎

また『源氏物語』という作品名も、成立当時からのものではありません。『源氏物語99の謎 紫式部は本当に実在したか』（徳間書店）などの著作がある推理作家の藤本泉は「一一世紀の正史には『源氏物語』という言葉は出てこない」と指摘しています。後から、主人公の光源氏の名前によってそう呼ばれるようになっただけです。古い時代には『源氏の物語』『紫の物語』等々と呼ばれていたようです。例えば『紫の物語』と呼ばれるのは、この物語のヒロインの紫の上から来ています。

こうしたタイトルからは、この物語の「光源氏と紫の上のラブストーリー」という側面が強く意識されます。そうした理解をする都の女性が当時の読者には多かったのだろう、と想像されます。

『源氏物語』の研究者は、現在のような物語が成立する経緯はおおむね次のようなものだったという点で見解はほぼ一致しています。まず『源氏物語』は、多くの人の手によって書き足されたり、書き換えられたりして現在の形となったものです。その書き足された部分は多岐にわたり、そのため現在では書き足される前の原型を知ることは不可能とされます。しかも、書き足しを行った人々の名前は一部を除いて解明されておらず、誰がどの程度を書き加えたのかも明確ではありません。

このような見解が出てくる理由もはっきりしています。平安時代の読み物は印刷物ではなかったからです。

したがって『源氏物語』を最初に着想した式部もしくは他の誰かは、紙に人の手で書いたことになります。そうして、読んでほしい人には見せていたはずです。読んでその物語を気に入った人は、自分で読んだり他の人にも読ませたりするために自分で書写したかも知れません。書写された『源氏物語』は、さらに筆写されて世の中に広まっていったことでしょう。

こうした写本を筆写する人たちは、元の物語をそのまま書き写すとは限りません。写し間違いもあれば、意図的にストーリーを変えたり書き加えたりすることもあったと推測されています。というのは当時、自分で物語を考えるのが好きな人は一定程度いて、自分好みに物語を書き換えたくて書写するような人も多かったからです。

そうした成立の経緯を考えると、『源氏物語』は多くの書き手が手を加えている作者不詳の作品、とも言えるわけです。少なくとも作者不詳とする説は、紫式部一人が作者であることは間違いないと強硬に主張する説に対して勝るとも劣らないだけの信憑性があります。（乗）

第二章

果たしてラブストーリー？ 時代で変わるテーマ性

短期間に大作を書けたスーパーウーマン？

果たして『源氏物語』は紫式部が書いたのかという疑問については、文献から確認できないだけでなく物語の内容など種々の点からも謎がたくさんあります。

注目できるのは、式部が当時には珍しく父親のもとで育てられていたことです。当時は通い婚で、男性が女性の家を訪ね、子どもが産まれたら母方で育てられるのが普通でした。しかし、式部の母親は早く亡くなったのです。その父親の家にある歌集や書物を読みつくすほどの本好きだったと言います。

『紫式部日記』の中には、式部の弟に父の為時が史記などの中国書籍を教えていると、そばにいた式部がたちまち読めるようになったので父親は娘が男子でないのを残念がったというエピソードが出てきます。母を早く亡くしたために父に育てられたからこそ、普通では女子が身につけることがなかった中国の歴史書や文学書を学ぶ機会を得たようです。

こうした父譲りの素養を持っていたからこそ『源氏物語』を創作できたのだと紫式部を著者だとする派は論拠としています。白居易の『白氏文集』は『源氏物語』の中でたびたび引用されています。また『紫式部日記』には、宮仕えに出た式部が中宮彰子に『白氏文集』の中の「新楽府」を講義したことが記述されており、それによって式部が中国の文献や歴史に通じていると宮廷内でも理解されていた様子が分かるわけです。

しかも、この「新楽府」という詩は強烈な社会批判や政治批判をテーマにしています。いわゆる反戦詩のようなものなのです。当時の日本の男性が中国の文献や歴史を学ぶのは、言ってみれば地位を得るためであったり、知識を自慢したりするためのものでした。『知られざる王朝物語の発見』などの著者である国文学者の神野藤昭夫によれば、女性の式部は、そうした現実的な利益のためではなく中国の文献や歴史に接していたからこそ内面的な教養とすることができたのではないか、と指摘しています。

とは言え大作である『源氏物語』の短い執筆期間は謎の一つです。式部派の研究者は、夫の死を契機として執筆に力を注ぎ、一条天皇の中宮彰子のもとに出仕して書き継いだ後に物語が完成したとしますが、宣孝と死別したのは長保三（一〇〇一）年であり、式部が中宮彰子に仕えていたのはせいぜい寛弘六（一〇〇九）年までです。全五十四巻の大長編を一人で書き上げる期間としては短すぎると疑問を呈する研究者もいます。しかも大長編というだけでなく、物語の内容自体も容易に書けるようなものではないのです。

宮廷スキャンダルを書けた謎

『源氏物語』のテーマに関する謎については種々の見解があります。例えば主人公の光源氏とヒロインたちとのラブストーリーとして読むこともできますが、王朝の権力交代をテーマとしたスケールの大きな物語だとする研究者もいます。

『源氏物語』のいわゆる第一部とされる「桐壺」巻から「藤裏葉」巻では、天皇の子として生まれたにもかかわらず世継ぎとされずに臣下に落とされた光源氏が、父である天皇の后と密かに情交を結んで自身の子を生ませるのです。そして、その子を母親と共謀して天皇の地位に就け、自らは准太政天皇という天皇に匹敵するほどの存在となって栄華を極めます。

つまり、秘密の恋によって王権を簒奪するというドラマこそが『源氏物語』の骨格だとする見方です。その後、第二部とされる「若菜」巻から「幻」巻では、光源氏の妻が柏木という若者と関係を結び、生まれた子どもを光源氏自身の子として育てるという因果応報のストーリーが展開されます。

また『源氏物語』には実在人物が実名で登場しています。しかし歴史文献ではありませんから書かれているのは歴史的事実ではなく、フィクションとして登場人物の行動は書かれています。

実名で登場するのは執筆当時から一〇〇年ほど前の天皇である朱雀帝や冷泉帝、あるいは源時方、源仲信などといった過去の人物です。一方、架空の登場人物も登場するのですが、多くの登場人物はモデルが「この人ではないか」と想像されるように書かれているのです。そうした登場人物が権力争いをしたり、不義の子を内緒にして夫の子として育てたりするのですから、いくらフィクションとはいえかなりスキャンダラスです。

こうした虚実ないまぜの物語であることが『源氏物語』の魅力でもありますが、それにしても、そんなことを書いてなぜ大丈夫だったのでしょう。その謎の答えは、式部が著者だとは知られていなかったからかも知れません。式部が著者だと一般には思われていなかったから大丈夫だったのだとすれば、『源氏物語』の著者は当時においても一般には不詳だったのだという論拠の一つとなります。

内容やストーリーに矛盾がある謎

『源氏物語』の中で「蛍」巻には物語論が語られています。「日本紀などはただ片そばぞかし」と記述されており、日本紀とは日本書紀のこと、もしくは日本書紀などの国史のことで、「そうした歴史は、起こったことのほんの一面を書き記したに過ぎない」として、物語のほうが価値があるとしているのです。

単純に虚と実を対立させて実を善しとし、虚を悪いとするのではなく、虚実一体となって心を慰めるのが物語の効用だという論が「蛍」巻の中で展開されています。この「蛍」巻の物語論がベースとなって、後に多くの人に支持される本居宣長の「源氏物語もののあはれ」論が論じられているということを『源氏物語新釈註』などを著した国文学者の松田武夫は指摘しています。

一方、紫式部は自身の『紫式部日記』では歴史について必ずしも否定的でない記述もしています。そこでは、一条天皇が『源氏物語』を女房に読ませながら「この物語は歴史的事実を踏まえているし歴史上の人物をモデルにしているからきっと作者は日本紀を読んでいることだろう」と感想をもらした、と書いているのです。

確かに紫式部は経歴からも歴史に通じていると見られます。日本だけでなく中国史についても素養があるとされているのですから、そうした才能があるからこそ、こうした壮大なドラマを書くことができたと見ることもできるかも知れません。しかし一方で、先に説明した『源氏物語』と『紫式部日記』の歴史についてのスタンスの違いから、これは別人の意見ではないかと見る人もいるわけです。

そのほか『源氏物語』では文体やストーリーの矛盾が指摘され、紫式部ではない別人の手が入っているからだと一時期学者の間で論争となったこともあります。こうしたストーリーの矛盾などは、当時は形のうえでの整合性はあまり重視しなかったからだと説明されています。全体としての整合性よりも、むしろ場面場面での構成や表現効果を重視したのだとされるのですが、一方で、別の作者の手が入ったから不整合なのだとするアンチ式部派のような見方も存在するわけです。（乗）

コラム②

源氏物語はどのような構成で何を伝えようとしているか

物語のなかで描かれた最初の重大事件、それは光源氏と藤壺との姦通でしょう。この第一の姦通事件は、第二、第三の事件と因果関係を持ちます。『源氏物語』の構成の主軸は姦通事件にある、という少々ショッキングな説が唱えられるゆえんです。

ひとつの壮大な大河小説と思われがちな『源氏物語』ですが、丁寧に内容を腑分けしていくと、主題の異なるいくつかのパーツが集まって成り立っていることが分かれるでしょう。言うなれば、この五十四帖は光源氏を主人公としたシリーズの、スピンオフを含んだ完全版なのです。長いあいだ国文学者たちは、物語の主軸をどこに見いだし、ストーリーをどのように腑分けするかに心を砕いてきました。さまざまな説を比較してみましょう。

光源氏という主人公の存在を重視するならば、彼の死を境に、物語が二つのパーツから構想されていると考えるのが普通でしょう。「桐壺」から「幻」までを前篇、「匂宮」から「夢浮橋」までを後篇とする二部構想説は、一番単純な理解の仕方ということになります。前篇では平安京を舞台にした光源氏の華やかな物語が、後篇では宇治を舞台にした薫の君のうら寂しい物語が、対照的に描かれています。

これに対して、歌人・与謝野晶子は「桐壺」から「藤裏葉」までを前篇、「若菜」以降を後篇と見なす型破りな二部構想説を提示しました。いわく、前篇は光源氏が栄華を極めたところで締めくくられ、その栄花が翳り始める後篇では「新味ある恋愛小説」が構想されているといいます。さらに驚くべきは、前篇に比べて後篇が「冗漫」「未熟」であるとして、別人の手になると推測したことでしょう。別人説の是非は後述しますが、「藤裏葉」で前篇を結ぶという発想は、後述する三部構想説にも大きな影響を与えました。

一方、二部構想説に批判的な論者は「桐壺」から「若菜」まで一貫している因果応報の理を重視しています。冒頭でも述べた通り、光源氏と藤壺との姦通が柏木と女三の宮との姦通によって報いられるという対応関係が、物語のなかで重要な意義を成していると考えたのです。

現在、定説となっているのは、五十四帖が三部から構想されたとする三部構想説です。第一部が光源氏の誕生から栄華を極めるまでを描いた三十三帖（第一帖「桐壺」から第三十三帖「藤裏葉」まで）、第二部が光源氏の人生の翳りを描いた八帖（第三十四帖「若菜上」から第四十一帖「幻」まで）、第三部が光源氏なき世界を描いた十三帖（第四十二帖「匂宮」から第五十四帖「夢浮橋」まで）という分け方です。なお、巻名のみが存在する「雲隠」を一帖とする場合は、「若菜上」「若菜下」を「若菜」として一帖に数えます。

三部構想説を唱えた『源氏物語』研究の大家・池田亀鑑は、第一部の光源氏の物語と第三部の薫大将の物語を対照させ、結合部を第二部の柏木の物語にもとめることで、はじめて作者の意図が理解できると主張しました。一見地味と思われがちな構想論ですが、紫式部が物語を通して何を伝えたかったのかという問題を解決する鍵ともなり得る、重要な議論なのです。（北）

第三章

男女の物語に仮託された歴史小説か

著者は何を書きたかったのか、好色風流の世界?

『源氏物語』では壮大なストーリーが展開されています。その点は誰もが認めるところですが、その壮大なストーリーのテーマが何かについては研究者の間でもさまざまな説があります。

たいていの人がまず思い浮かべるのは男と女の愛憎物語ですが、仏教的厭世観あるいは貴種流離譚なのか、それとも先に紹介した光源氏による王権簒奪物語、はたまた為政者への提言だったという説などもあるのです。それほどさまざまな読み方ができる『源氏物語』で、作者はいったい何を書きたかったのでしょう。その謎について検証してみます。

光源氏とヒロインたちのラブロマンスだと受け止める人が多いのは理解できるところでしょう。先に紹介した『更級日記』など、都の女性たちに人気だった証拠もあります。女性の中でも特に宮廷内の女房たちにとっては、自分たちにも身近な胸がときめく文芸ロマンスとして読まれたはずです。

女性だけでなく男性にも『源氏物語』が読まれていたと『紫式部日記』には記述しています。女性にとってはロマンスものですが、おそらく男性には好色風流ものの文芸作品と受け止められていたことでしょう。こうしたテーマは時代を超えて引き継がれることになり、後世の井原西鶴は「江戸時代の源氏物語」として『好色一代男』を執筆します。

もちろん『源氏物語』と『好色一代男』には種々相違点はありますが、西鶴は読者へ慰みを提供することに明確な狙いを置いていたことは確実です。その点について、「読者として想定される女性にとっての理想的男性像として光源氏を作者が創造したことを、西鶴は作家として確実に見抜いていた」と、日本の近世文学研究者の神保五彌は指摘しています。

同じ江戸時代に柳亭種彦は『偐紫田舎源氏』を書きました。こちらは、言わば『源氏物語』の翻案です。そこで繰り広げられる絢爛華麗なロマンスは歌舞伎の世界に通じるテーマでもあったからでしょうか、当時の女性読者に圧倒的な支持を受けました。

好色を戒める宗教的説話なのか？

『源氏物語』ではさまざまなロマンスが描かれていますが、単に男女の恋愛というだけでなく、たびたび不倫の関係が登場します。それは当時の読者が不倫に憧れていたからだと見ることもできますが、物語全体としては不倫が肯定的に描かれているわけではありません。そこでロマンス文芸というより人生の教訓がテーマだとする説も登場します。

例えば主人公である光源氏と藤壺の不倫関係は物語のほぼ全体を占める第一部、第二部を貫くテーマです。第一部では、ご承知のように源氏は父である天皇の后である藤壺と密かに情交を結んで自身の子を生ませ、その子を天皇の地位に就けることで准太政天皇となって栄華を極めるのですが、今度は第二部で妻である女三の宮が柏木という若者と関係を結んでしまい、生まれた子どもの薫を光源氏自身の子として育てるようになって、不倫の代償は大きいことが暗示されています。

したがって『源氏物語』は不倫の関係によって成功しても必ず報いがあるという因果応報を説いている物語なのだ、とする考え方もあります。因果応報というのは仏教の教えで、自分がしたことが善いことなのか悪いことなのかは後で自分自身や自分の子どもなどの人生に多大な影響をもたらすという考え方です。『源氏物語』には、これ以外にも因果応報のエピソードが全編の至るところに登場します。だから、不倫をしてはいけないなどの倫理を説くことが物語のテーマであり、仏教説話のようなものだとするわけです。

確かに優れた文学作品は人生の教科書でもあります。このため『源氏物語』は、単なる娯楽のロマンスものとしてだけでなく、多くの人に「人生をよりよく生きる教訓」として読まれるようになりました。その後、江戸時代までは、仏教説話であるかどうかはともかくとして人生教訓がテーマだとする研究家が、むしろ主流だったのです。

そうした『源氏物語』の読み方に真っ向から異議を唱えたのが江戸時代の古典研究家・本居宣長でした。宣長は『玉の小櫛』を執筆し、『源氏物語』は好色を戒めたり、倫理規範を説いたりするものではないとする「もののあはれ」論を展開します。「もののあはれ」論とは、要するに善悪の基準などあてはめずに光源氏の喜びや悲しみを受け止め、心のありのままを知ることが『源氏物語』の主題だとするものです。それによって読者は日常生活で忘却していた根源的な人生、すなわち「もののあはれ」を体験できるとして、その後の源氏研究者に大きな影響を与えました。

ヒーローの苦難から権力簒奪、理想の政道、性愛指南まで

『源氏物語』の主題について、そのほかの見方を紹介しましょう。

貴種流離譚が『源氏物語』の基本的テーマだとする指摘もあります。貴種流離譚とは、若い英雄が他郷をさまよいながら試練を克服した結果、尊い存在となるという物語の類型の一種です。民俗学者、国文学者だった折口信夫は貴種流離譚を日本の物語文学の原型だとしました。

確かに『源氏物語』第一部で光源氏は都から離れた須磨・明石での試練を経た結果として「藤裏葉」巻で栄華の大団円を迎えます。物語の基本的な構想に貴種流離譚の要素が大きく関係しているのは確実です。

一方、この第一部は王権簒奪争いがテーマだとする捉え方もあることは、すでに紹介したとおりです。秘密の恋愛によって王権を奪うという論は一時期、誰が著者なのかとも絡んで大変な論争の的となっていました。

諸説の中には、これまで説明したような複雑な顔を持つ第一部については、著者はテーマなど考えていなかったのだとするものもあります。むしろ第二部以降に『源氏物語』著者の言いたいことが書かれている、という主張です。

著者が何を言いたかったのかは別にして、読む側としての受け止め方は種々あります。その

中でも『源氏物語』は長く教養のための教科書として読まれてきたことは歴史的事実です。戦国時代から江戸時代にかけての武人であり歌人であった細川幽斎は、理想の政道のあり方を描いたのが『源氏物語』だと説いています。男と女の関係を通して描かれた、理想的な主従関係や美しい人間関係についての教科書なのだという主張です。

徳川家康も『源氏物語』を教科書とした一人で、源氏学の権威だった中院通村から晩年に何度も講義を受けたとされています。家康にとって『源氏物語』は為政者への提言だったわけです。

一方、同じ教科書でも子女向け性愛教科書だったとする説も少なくありません。『源氏物語』など物語の読者の多くは少女でした。そこで『源氏物語』は、優雅な物語の形を取りながら男女間の性の問題を伝達する手段として活用されたと考えられます。現実に、江戸時代などには高貴な家柄同士の結婚に際して嫁入り本として『源氏物語』や『源氏物語絵巻』が贈られたものです。

このような『源氏物語』のテーマについてのさまざまな説を大きく分ければ、文芸として受け止める立場、仏教的意味を理解しようとする立場、実生活に役立つ教訓とする立場の三つに大別できますが、果たして著者は何が言いたかったのか、その謎については現在もまだ決着が付いていません。しかし、さまざまな議論がある中でも本居宣長の「もののあはれ」論以上に影響力のある説はいまのところ登場していない、というのが日本文学研究者の島内景二の指摘です。（乗）

第四章

壮大なストーリーはどう構想された

ヒロインの肖像はかぐや姫から着想？

『源氏物語』は「世界最古の長編小説」などと言われることがあります。『源氏物語』の完成時期は、はっきりした資料があるわけではありませんが寛弘五（一〇〇八）年ごろではないかとされていて、だとすると著名なダンテの『神曲』の約三〇〇年前、中国の『水滸伝』の約四〇〇年前に書かれたことになるのですが、「最古の」というのはやや誇張が含まれます。少なくとも、源氏以前に存在した日本の物語文学があったことは確実です。そうした先行する物語文学に『源氏物語』が影響を受けているとして、両者の関係を研究する学者がたくさんいます。

例えば『竹取物語』です。よく知られているように、竹取の翁夫婦に育てられたかぐや姫が月に帰っていくこの物語は口伝えの文芸の形ですが、概略は平安時代の初期には成立していたとされます。実際に源氏物語の中にも「物語の出で来はじめの祖なる竹取の翁」という記述があります。つまり『源氏物語』より先に『竹取物語』があったわけです。かぐや姫に次々と求婚者が現れるストーリーは、『源氏物語』でも玉鬘に次々と求婚者が現れるのをはじめ、いくつかの部分に影響が見て取れます。

『竹取物語』では、かぐや姫が最後に人間への愛着を持ちながらも月へと去ってしまうという結末によって、人間という存在の矛盾と悲哀が表現されています。こうして単なる空想の物語が、読者をして人生の意味を考えさせるような教育的側面を持つようにもなる端緒となったのが『竹取物語』だったと考えられるわけですが、そんな物語文芸の構造は『源氏物語』にもさまざまな影響を与えたはずだ、とは国文学者の野口元大の指摘です。

また国文学者の横井孝は、「『源氏物語』の桐壺は『竹取物語』のかぐや姫である」として『源氏物語』と『竹取物語』の関連性を指摘した論文を書いています。このように、『源氏物語』が先行物語を参考にしたりモチーフを借用したりしている例は他にもあります。

ヒーローの苦難の展開は『うつほ』の影響？

『源氏物語』への影響が確実視されるのが『うつほ物語』です。『源氏物語』は、必ずしも日本で最初の長編小説だったわけではありません。『源氏物語』の中にも『うつほ物語』に関する記述が出てくるように、『うつほ物語』は『源氏物語』より先の平安時代中期に成立したとされます。

全二十巻。『源氏物語』より前に存在したことが確実な日本最古の長編物語です。この物語に『源氏物語』は強い影響を受けたとされています。

難破して漂着したペルシャで琴の秘技を学んだ遣唐使は娘に琴の秘技を伝えますが、その娘が森の木の空洞《うつほ》で産んだ子がこの物語の主人公です。母から琴の秘技を伝えられた主人公が、自身の娘にも秘技を教えることを母に願い、秘技を身につけた娘が宮中で琴を披露して感動を与えるまでになる、というあらすじです。『うつほ物語』の『源氏物語』への影響を指摘する研究者も少なくありません。

例えば『源氏物語』の「蛍」巻で玉鬘の顔を見せるために蛍を放つ場面があります。これと類似の場面は『うつほ物語』にも『伊勢物語』などにも登場すると指摘して、日本文学研究者の片桐洋一はこれらの物語の影響関係を論じています。

片桐の取り上げた『伊勢物語』も『源氏物語』への影響を研究する学者が多い物語です。『伊勢物語』は平安時代の歌人・在原業平の生涯を歌物語にしたものですが、高貴な生まれでモテモテの主人公が数々の女性との恋を謳歌しつつ苦難の境遇から徐々に政界に復帰するというストーリーは『源氏物語』の主人公・光源氏のモデルとなっていると指摘されます。

もっとも、基本的な貴種流離譚は苦難の末に「めでたしめでたし」で終末を迎えるものです。しかし、ご存じのように『源氏物語』では栄華を迎えた後に光源氏は運命的な復讐を受けてしまいます。その点が単純な貴種流離譚を超えているところです。

ヒロインの苦難や結婚拒否は先行物語から

日本の物語文芸には「継子いじめ譚」というパターンがあります。前に紹介した貴種流離譚の変形パターンであり、『住吉物語』が典型とされます。

『住吉物語』は平安時代に成立したとされますが、改変の手がたくさん加わって、ストーリーには種々のパターンがあります。あらすじは、継母の産んだ異腹の妹に婚約者を横取りされたヒロインが、継母の妨害を受けながらも婚約者と再び結ばれて幸せになる、というものです。

『源氏物語』の玉鬘が長谷寺に参詣するまでの苦難と、長谷寺に詣でて探し求めた人物に出会えるストーリーは『住吉物語』に酷似していることが『源氏物語』の中でも「玉鬘」巻に記述されています。

また『落窪物語』も『源氏物語』より前の物語ですが、美しいヒロインが継母にいじめられながらも貴公子と結ばれるというシンデレラ・ストーリーです。『落窪物語』のヒロインの片鱗が『源氏物語』の紫の上に投影されているとの説を取る研究者もいます。

「結婚拒否譚」も物語文芸のパターンの一つです。求婚を拒否するヒロインがハラハラドキドキさせるストーリーは『竹取物語』のかぐや姫だけでなく日本のさまざまな伝説に登場します。『源氏物語』でも、夕顔や朝顔の斎院、あるいは宇治十帖のヒロインたちなど求婚を拒否するストーリーがたびたび繰り返されます。

『竹取物語』『うつほ物語』『住吉物語』『落窪物語』以外にも、日本の古い物語文芸は、いまや行方の知れなくなった物語もたくさんあったはずです。そうした点では、『源氏物語』は先行する物語文芸を寄せ集めて成立したとも言えるのですが、それだけではなく、そこにさらに作者によって新たな工夫を付け加えられて傑作長編として成立していると国文学、中古文学を専門とした研究者だった三谷栄一が指摘しています。（乗）

第五章

本当に式部一人が書いたのか

十三世紀はじめごろには、五十四巻であった？

『源氏物語』は六十巻から成るという説があります。古典の授業では、五十四巻と習った方がほとんどでしょうから、驚きかもしれません。ということは、我々は不完全な『源氏物語』を読んでいるのでしょうか。

平安末期に記された『白造紙』は、五十四巻以外に「桜人」「狭筵」「巣守」の三巻の存在を示しています。これらは、「ノチノ人ツクリソヘタルモノ」とあるように、後世の人が加筆したものと考えられています。印刷技術が発展するまで、文学作品は手作業で書写されることが当たりまえでした。間違えないように、一字一句丁寧に書写した経本などとは異なり、女性や子どもの読み物として軽んじられていた物語は、時には作者の不本意な形で、自由に増補・改編されて広まっていくことが普通だったのです。

平安末期の『源氏一品経』にはじまり、『今鏡』や『無名草子』にもみられる六十巻説は、物語を天台六十巻という経典になぞらえたものだと言われています。この「六十」という数字をどのように捉えるのか——。単なる抽象的な数字と捉える説があれば、五十四巻以外の巻を数えたのだろうという説、現行の一巻がかつては二巻として数えられていたのではないかという説などが存在します。

いずれにせよ、室町時代ごろには、物語を六十巻とするために「雲隠六帖」(「雲隠」、「巣守」、「桜人(花見とも)」、「法の師(挿櫛とも)」、「雲雀子(嵯峨野とも)」、「八橋」)という受容テクストが作成されるなど、この説は非常に強い影響力を持ちました。ちなみに、「雲隠六帖」の中にも「桜人」と「巣守」が存在しますが、これは平安末期のものとは別ものです。二〇一〇年には、散佚していた古い「巣守」の断簡が発見され、大きな話題となりました。

それでは、紫式部の手になるオリジナル版は、いったい何巻だったのでしょうか。成立から少し下って『更級日記』には、「源氏の五十よまき櫃に入りながら」という記述があります。さらに少し下って、藤原定家の日記である『明月記』には、家中の少女に「源氏物語五十四帖」

を書写させたという描写があります。『原中最秘抄』にも同様の記述があることから、実際のところ十三世紀はじめごろには、五十四巻というのが通常の姿であったことが想像されます。

幻の巻には何が記されていたのか？

『源氏物語』の巻数を考える際、いくつかポイントとなる巻が存在します。殊によく知られるのが、かつては五十四巻に数えられた「雲隠」でしょう。この巻は名前があるのみで、本文が一文字もありません。注釈書である『源氏釈』や『奥入』などには存在が明記されておらず、鎌倉時代書写の諸伝本にも存在を認めるような記述がないことから、平安時代末期にはすでに存在していなかったと考えられています。現存の『源氏物語』本文には光源氏の死が描かれていないことから、この巻によって死が暗示されたとされていますが、紫式部自身の手による挿入なのか、もともと本文は存在したのか、詳細は判然としていません。まさに「幻の巻」と呼ぶことができるでしょう。

注釈書『奥入』にその名が記されつつも、欠巻になったとされ、五十四巻には含まれない「輝く日の宮」の存在も、非常に重要です。現存の『源氏物語』に光源氏と愛人である六条御息所とのなれそめや、藤壺との交渉が描かれていないことなどから、「桐壺」の後に、この巻が存在したのではないかという説が唱えられているのです。

五十四巻には含まれないこれらの幻の巻が存在するのであれば、いったい何が記されていたのでしょうか。想像力をかき立てられます。

『源氏物語』の構成、成立をめぐる戦後の大論争

『源氏物語』は、その構成や成立についても謎があります。簡単に言えば物語の中での文体の著しい違いや執筆順序についていてさまざまな解釈が加えられて諸説が次々に登場しました。

『源氏物語』をまとめた与謝野晶子は、『源氏物語』は大きく前半と後半とに二分されると昭和初期に指摘しています。それまで『源氏物語』は連続して光源氏の生涯を語ったものとして特別に区切りを付けられることはなかったのですが、発端の「桐壺」巻から「藤裏葉」巻までと、その後の「若菜上」巻以後とでは、その基調や内容、文体などに著しい相違があるというのです。

そうして晶子は、光源氏の誕生からその三十九歳の冬までのことを語る「桐壺」巻から「藤

裏葉」巻までを「第一部」と呼び、光源氏四十歳から、その死去の近いことを暗示して舞台を去る五二歳までの「若菜上」巻以後「雲隠」巻までを「第二部」と呼ぶことにしました。ちなみに「雲隠」巻は巻名のみあって内容が存在しない奇妙な巻であり、もともとはなかったところに後から付け加えられたとされます。

これを機に、学者の間で「三部構成だ」「いや四部構成だ」「なくなってしまった巻がある」などとして構成やストーリーの矛盾についての諸見解が登場することになります。戦前にも国文学者の阿部秋生が執筆順序論を展開しましたが、大論争が展開されたのは戦後から一九六〇年代末ごろまでのことです。

『源氏物語』には後から挿入された部分がある

論争の大きなきっかけとなったのは武田宗俊が大学講師時代の一九五〇年に書いた論文「源氏物語の最初の形態」でした。武田は、いわゆる玉鬘系の物語は後から挿入されたと主張し、一九五四年には『源氏物語』研究の集大成として『源氏物語の研究』を発表しています。

武田は一九〇三年、富山県生まれ。小学校の先生の「作文がうまくなりたいなら名文を読むのが一番だ」という言葉に影響を受けて名著を紐解いたのが国文学への道を開いたきっかけだそうです。その後、働きながら小学校準教員の資格を取得し、富山の中学校をはじめ各地の学校で教壇に立ちましたが、三十六歳になってから東北大学文学部に入学して国文学とドイツ文芸学を専攻した後、福島大学教授になりました。

問題の論文「源氏物語の最初の形態」は、『源氏物語』は現在のような配列順序で執筆されておらず、最初にいくつかの巻が書かれた後に、他の巻が挿入されたとの主張です。その根拠は、玉鬘系の巻を取り除いて紫の上系の巻だけをつなげても「めでたしめでたし」で終わる、おとぎ話的な矛盾のない物語を構成していることや、紫の上系の巻で起こった出来事は玉鬘系の巻に反映しているが逆に玉鬘系の巻で起こった出来事は紫の上系の巻に反映していないことなど多岐にわたります。

反論が寄せられると、武田は「いま私の説に反対している人は後でその始末をつけるのに苦労するだろうね」と語ったそうですから自信のほどが窺われます。一九五四年には『源氏物語』研究の集大成である『源氏物語の研究』を発表しました。福島大学を退官後も教員生活を送り、一九八〇年に七十七歳の生涯を終えています。

武田の玉鬘系後記説をめぐって学界では老いも若きも参画し、煩雑になるので名前を上げられないほど多くの研究者が賛否両論に二分して、はなやかな論争が繰り広げられました。論争は十数年にわたりましたが、確かな結論が出たわけでもなく不思議なことに次第に沈静化してしまいました。ただし、武田が主張した「玉鬘系が後から挿入された」という点は賛否が分かれたとは言うものの、これ以後、源氏物語の第一部とされる「桐壺」巻から「藤裏葉」巻は、「紫の上系」と「玉鬘系」という質的な差異がある二つの部分から構成されることは広く支持されるようになっています。

むろん武田説は学会内で承認されたわけではありません。とは言え、まったく否定されてしまうような説得力のある反論も登場しなかったと言ってよいでしょう。状況としてはその後、武田説をそのまま認める研究者も登場すれば、武田説を大筋で認めながらも何らかの修正を加える研究者もいて、さまざまに立場が分かれるものの、現在では『源氏物語』が三部構成であるとする見解がおおむね学会では主流です。この三部構成説は、武田の説とは必ずしも一致していませんが、そこに大きな影響を与えたのは確かです。

才女だった式部の娘が、半分を書いた?

さて『源氏物語』はそれでなくても大長編であり、短期間に書けたのかという疑問があるところに、ストーリー展開や文章スタイルが違い、時間的な矛盾も多数あることから後での加筆が認められるとなれば、当然ながら紫式部が一人で書いた作品とすることへの疑問が大きくクローズアップされるわけです。こうしたことから執筆者について、式部が全部を書いたのではなく一部のみ書いたのだとする説だけでなく、全部別人が書いたのだ、男性作家が書いている、等々のアンチ式部派の諸説も次々に登場しました。

これに対して「式部派」の研究者の主張は、簡単に言えば「紫式部がスーパーウーマンだったからそんなことができたのだ」というわけですから、いささか反論としては弱いような気もします。この論戦には学者、文筆家などかなりのビッグネームも加わっており、例えば歌人の与謝野晶子なども紫式部が一人で書いたのではない説を唱えているのはすでに紹介したとおりです。

晶子は『源氏物語』の後半は式部の娘である大弐三位が書いたとする説をとっています。大弐三位は式部と藤原宣孝との間に生まれました。長保元（九九九）年ごろ生まれて、寛仁元（一〇一七）年ごろには宮仕えを始め、母の式部も仕えた中宮彰子の女房として活躍したとされます。宮中では高貴な人々に信頼され、後冷泉天皇の乳母を務めたり、当時の主流派と目される藤原兼隆と結婚したりしています。

母娘とも歌が百人一首に選出されていますが、あまり歌がうまかったとはお世辞にも言えない母・式部とは違って、娘のほうは少なくとも歌人として高く評価されていたのは間違いないようです。そのような才女であって、宮中とも深い関係を持っていた彼女が『源氏物語』の一部を書いたのだとすれば、文体の違いや後から挿入したのでは、などの謎も解決されるかもしれません。

当時の女房は本名が分かっていないのが普通ですが、彼女は珍しく本名が「藤原賢子」と判明しています。没年は永保二（一〇八二）年とされ、当時としては長寿の八十歳を超えての大往生でした。

ただし、式部ではない影の作者候補は大弐三位だけではありません。実に多岐にわたる諸説が登場しています。これらの「式部が一人で全部を書いたのではない」とするアンチ式部派の研究者を合わせると、式部派の研究者の数に匹敵するかもしれない状況です。（乗）

コラム③

『源氏物語』の謎に挑んだ推理作家はなぜ失踪したのか

『源氏物語』の研究者の中でも、ひときわ謎めいているのが女性推理作家の藤本泉ではないでしょうか。「『源氏物語』の作者は紫式部ではありえない」と主張した藤本は一九二三年生まれ。江戸川乱歩賞を受賞した推理作家ですが、『源氏物語』研究者として『源氏物語99の謎 紫式部は本当に実在したか』『源氏物語の謎 千年の秘密をいま解明する』『王朝才女の謎　紫式部複数説』という三冊の本を書いています。

三冊の本は発表時期に一九七六年から一九八六年のおよそ十年ほどの違いがありますが藤本の主張は三冊とも共通しています。その論拠の一つが藤原氏全盛の執筆当時の状況にあって、源氏がヒーローである物語の内容です。

紫式部は父が藤原為時、母が藤原為信の娘とされています。また藤原宣孝と結婚し死別後に中宮彰子に仕えたとされ、中宮彰子は藤原道長の娘です。つまり藤原氏にドップリと浸かった境遇とも言えます。ところが『源氏物語』は源氏が主人公であり、藤原氏が登場するのはむしろ敵役的存在としてなのです。

例えば物語中で、母が藤原氏の朱雀帝は主人公にたびたび女性を取られています。主人公の正妻・葵の上も藤原氏出身ですが、冷たくて意地の悪い女性で主人公との夫婦仲は悪く、最後は生霊に取り殺されてしまう女性として描かれます。

さらに言えば、主人公の父である桐壺帝の后と主人公は不義密通し、生まれた主人公の隠し子が冷泉帝として即位する、つまり源氏の血筋が天皇になるというのが『源氏物語』第一部の主要なストーリーなのです。こうした藤原氏出身の敵役が源氏にしてやられる話が第二部、第三部でも繰り返されるのですから「アンチ藤原」というスタンスは、この物語の基本設定と言ってよいでしょう。

こうしたストーリーを藤原氏勢力の中心部にいると言ってもいい紫式部が書いたとするのは不自然だというのが藤本の主張の一つです。

また、そもそも平安時代の文学は「並べてアンチ藤原氏なのだ」と藤本は指摘しています。

藤原氏は九世紀末の菅原道真の太宰府への左遷以降、突出した政治支配力を獲得しました。一〇世紀末に安和の変で源高明が失脚してからは宮中は完全に藤原氏の天下となっています。こうして藤原氏が勢力を拡大する過程で、古くからの名門だった源氏、平氏、橘氏、大江氏、清原氏、小野氏などの諸氏が退けられたのですが、平安朝文学のほとんどの主人公は、これらの退けられた氏族なのです。

中でも源氏を主人公とするのが『源氏物語』『落窪物語』『狭衣物語』『浜松中納言物語』『夜半の寝覚め』の五作品です。いずれのストーリーも反藤原氏の色彩が濃いだけでなく、主人公の源氏が天皇との外戚関係を築くことに成功するという内容が繰り返し出てきます。こうした一連の作品群は、源氏一族に属する書き手によって書かれたと考えるのが自然でしょう。

ちなみに、源氏という姓は平安時代には皇族が臣下に下る際に下賜されるものでした。血統から言っても名門であり、天皇を補佐する位置にあったのですが、藤原氏が天皇と外戚関係を築いて摂関政治を展開したことによって、源氏は政権上層部から追い落とされたという経緯があります。

前記五作品はいずれも長編であり、その分量を考えると、源氏の一族内には複数の書き手がいたと推測されています。その中で『源氏物語』は、巻ごとにストーリーの継続性がなかったり、文体の違いが歴然としていたりするのはすでに見てきたとおりです。そうした点から藤本は、『源氏物語』の執筆には複数の人間がかかわって、長期にわたって世代を超えて書き継いでいったのだと主張しています。

藤本は一九八九年、旅行先のフランスで消息を断っており、その後も行方不明のままです。後に作家の篠田節子は『聖域』という小説を書いています。そのストーリーは、かかわった者たちを破滅へ導くという未完の原稿「聖域」を偶然見つけた文芸編集者が、この小説を完成させようと、失踪した女流作家・水名川泉の行方を捜し求める、というものです。この女流作家は藤本をモデルにしたとされます。

藤本失踪の謎はさておき、『源氏物語』研究者としての彼女は、学会からはともかくとして一般読者からそれなりの支持を受けたのは三冊の本が続けて出版されたことから明らかです。発行時期の違いなどにより微妙にスタンスの変化はありますが『源氏物語』は式部ではない複数の人間が著者だとの主張は一貫しています。

では誰が著者なのでしょうか。この点について藤本は「著者が女性らしくない」というもう一つの論拠を挙げていました。第六章では『源氏物語』男性作家説について詳しく見ていくことにします。（乗）

第六章

男性作家の手が入った可能性を問う

正しい『源氏物語』は存在しない?

紫式部の手になる『源氏物語』は、この世に存在しません。それでは、私たちが当たり前のように読んでいる物語の正体はいったい何なのでしょうか。実は、現存する『源氏物語』はすべて、後世の人間が多くの写本を参考にしながら、オリジナル版を復元しようとして作成したものなのです。

現存する『源氏物語』の本文は、通常ルーツによって三種類に分類されます。それが、①青表紙本系統②河内本系統③別本系統の三つです。青表紙本は、鎌倉中期の歌人・藤原定家によって作成された証本、河内本はそれとほぼ同時期に河内守源光行・親行父子によって作成された証本、別本群はそのいずれにも属さないものを指します。

普通私たちが手にする『源氏物語』は、このうち青表紙本系統に属します。数ある版のなかで、青表紙本が広く受け入れられたのはなぜなのでしょうか。その謎を解く鍵は、藤原定家という伝説的な歌人の存在にあります。和歌の世界において定家の存在が神格化されるに伴い、室町時代ごろより、彼の手になる青表紙本が『源氏物語』の「正しい」本文であると認識されるようになったのです。室町時代の公家・三条西実隆は、『弄花抄』のなかで、河内本よりも青表紙本のほうが文学的に優れていると主張しました。もちろん、文学的に優れていることと、オリジナル版との近接性は関係がありません。ところが、当時の大学者たちからお墨付きを与えられたことで、青表紙本はその他の伝本を凌駕する権威を帯びていきました。

青表紙本が広く受け入れられた理由は、もう一つあります。昭和に入って、佐渡で現在では重要文化財に指定されている青表紙本系統の「大島本」が発見されたのです。国文学者・池田亀鑑がこれに注目し、新たな校本である『校異源氏物語』を発表したことで、現代の『源氏物語』研究の新たなスタンダードが生まれました。

どうして、池田は青表紙本系統の「大島本」を高く評価したのでしょうか。藤原定家の日記『明月記』には、定家が青表紙本を作成する際に、解消しきれない不審な点を抱いていたことが記されています。これに対し、河内本を作成した源親行は、諸本を校合することによって、不審な点のほとんどを解消したといいます。つまり、河内本では原本の復元よりも、文章を明瞭にすることが優先されたと考えられるのです。池田は、これらの事実から、青表紙本は本文をみだりに改めておらず、オリジナル版を尊重しているだろうと判断しました。

とはいえ、青表紙本を読めばオリジナルに近い物語を楽しめるというわけではないのが、『源氏物語』の難しいところです。近年の研究では、青表紙本の名称の付け方、分類上の問題が数多く指摘されるようになり、その不動の地位が揺らぎつつあるのです。本来、文献学の研究においては作品の諸本を分類する場合は、本文の形状・性格等を捉えることが優先されるべきだとされています。ところが、『源氏物語』では中世以来の「青表紙本」という概念が重んじられ「定家作成」という起源ができたため、本文の特徴が「青表紙本」的であっても、定家以前の写本は「別本」に分類されてしまうという、おかしな事態が発生するのです。これにより、本文研究は振り出しに戻った感があります。『源氏物語』の原姿を求める果てなき夢は、まだまだ先の長い旅の途中にあるのです。

「桐壺」は後から書かれたのか？

『源氏物語』の第二巻「帚木」には、大きな謎が秘められています。それが「光源氏名のみことごとしう」から始まる一節です。これは読者が光源氏の存在を知っていることが前提として書かれたものであると言われています。つまり、光源氏についての物語はすでに存在しており、紫式部はこの題材を使って二次創作をしたに過ぎないというのです。この指摘を行ったのが、『古寺巡礼』や『風土』などの著作で知られる哲学者・和辻哲郎でした。和辻は「源氏物語について」のなかで、現行の『源氏物語』には、先立つ「原源氏物語」が存在したことに加え、「帚木」が起筆であることを主張しています。

皆さんが古典の時間に習った『源氏物語』は、きっと「いづれの御時にか」の一節で有名な「桐壺」から始まったことでしょう。この「桐壺」が、後から書かれたというのですから驚きです。実際に、公家の三条西家が伝える「源氏物語聞書」には、「桐壺」が後から挿入されたという「桐壺巻後記説」が記されています。江戸時代を代表する国学者・本居宣長も『玉の小櫛』のなかで、やはり「桐壺」と続く「帚木」の接続の悪さを指摘しました。和辻以前の人々も、『源氏物語』が「桐壺」から書き始められたということに疑問を抱いていたのです。室町時代の注釈書『河海抄』には、石山寺に詣でた紫式部が湖水に映る月光にインスピレーションを受け、

「須磨」を書き始めたという異説が記されています。現在でも石山寺は「源氏物語 紫式部ゆかりの花の寺」を看板に、紫式部の人形を設置した「源氏の間」を公開しています。ところが、五十四帖に及ぶ本作がどのような順番で書かれたのか、確かなことは分かっていないのです。

五里霧中にあった起筆論は、昭和に入ると大きく進展します。「花宴」までの巻を「若紫グループ」と「帚木グループ」に分け、後者をあとから挿入されたものとする阿部秋生の画期的な説が登場したのです。これに続いて、玉上琢彌は、『源氏物語』は当初短編として「帚木」の並びから起筆されたものだと説きます。合わせて、「帚木」の前には現存しない「輝く日の宮」が存在したが、長編として仕立てられた際に欠巻となったということを主張しました。

戦後になると、「藤裏葉」までを「紫の上系」と「玉鬘系」に分け、後者を後から挿入されたものとする武田宗俊の説が登場し、学界に衝撃を与えます。武田は両系統に登場する人物を細やかに分析することで、紫の上系の人物は玉鬘系に登場するにもかかわらず、玉鬘系の人物が紫の上系に登場しないことを明らかにしました。つまり、紫の上系の執筆時に、玉鬘系の構想はなかったというのです。

武田の説を受けて、風巻景次郎は古注の分類による「並びの巻」を成立問題と結びつけました。玉鬘系の巻は、後記挿入された際に本系と区別するために「並びの巻」として扱われたというのです。風巻によると、ここに分類されない「帚木」と「玉鬘」は、もとは現存しない

「輝く日の宮」と「桜人」に対する「並びの巻」だったといいます。つまり、風巻の説は「並びの巻」が後記挿入されたことを積極的に主張するものでした。

こうした説は、学界に新たな論争を巻き起こしましたが、批判する説も相次いで主張され、以降『源氏物語』の成立をめぐる議論は、次第に沈静化していきました。いずれの説も、推論の域を脱することができなかったのです。

ほかにも、それぞれ「若紫」や「宇治十帖」を起筆とする説があれば、順当に「桐壺」から書き始められたことを主張する説も存在します。果たして、真相はどこにあるのでしょう。専門家たちの意見は、いまだに割れています。

本当に子どもを生んだ女性が書いたのか？

安和の変で名前が挙がった源高明については、光源氏のモデルだとする説は少なくありません。彼は醍醐天皇の十番目の皇子でしたが、七歳で源氏性を与えられて臣籍降下しています。若くして昇進を遂げ、妻としていた有力者の娘を亡くした経験もあります。

高明は実際に学識文才に優れた人物であり、左大臣まで出世したように官僚としても有能だったとされています。しかし、安和の変で罪に問われて太宰府に左遷されてしまいます。この左遷についても、藤原氏による他氏排斥運動のためだとされているのですが、その境遇が『源氏物語』の「須磨」巻の光源氏に似ているのは誰もが気づくところでしょう。

本居宣長は『玉の小櫛』で『源氏物語』の「大かたはつくり事」と書いているのですが、必ずしもフィクションばかりではなく、実在の人物が登場したり、架空の人物でもモデルである実在の人物が容易に推定されたりするのが『源氏物語』の登場人物なのです。源高明は「イコール光源氏」というわけではないにしても、著者が光源氏の人物像を考える際に高明の境遇をモデルとしたことは大いに考えられます。

その源高明を、単にモデルでなく彼は原作者ではないか、という説もあるのです。例えば『源氏物語』は女性が書いた作品とは思えない、と指摘したのは先にも紹介した藤本泉です。男性が執筆したとする根拠は、妊娠した女性の描写や、生まれて間もない赤ん坊の描写が不正確で、女性なら常識的に知っていることに間違いがたくさんあることでした。そして『源氏物語』を最初に書き始めた原作者の男性として、源高明を源氏一族の中でも筆頭候補だとしています。

高明は式部より遥かに前の時代の人物であり、『源氏物語』を書いたとするには時代が違いすぎると思われるかも知れませんが、最初に書き始めた原作者の一人である可能性ならば大いにあるでしょう。高明原作者説には根拠があって、それは高明の境遇です。

源氏一族に複数の男性原作者がいた?

源高明の父は醍醐帝であり、(『源氏物語』に登場する朱雀帝ではなく実在の)朱雀帝や村上帝が腹違いの弟です。また朱雀帝や村上帝の母は藤原氏ですが、高明の母は源氏であることから臣下に落とされています。藤原氏に反発する気持ちは当然あったはずです。そこに安和の変で藤原氏に陥れられてしまうのですから、反藤原氏の物語を書こうという動機は十分に持っています。

また、安和の変以降、出家して政務には就いていません。経済的余裕もあったため働く必要もなかったのですから、大長編物語を書く時間があったと見られます。むろん高明は宮廷の暮らしを体験しており、宮廷内部の儀式や歴史を書いた漢文の大著『西宮記』の著者でもあります。

こうしたことから原作者は「学識と宮廷暮らしの経験があって、経済的余裕にめぐまれ、しかも藤原氏のおかげで閑職に甘んじている、『源氏物語』を書く才能と動機と立場にこと欠かない人物」であると藤本は推論を進めています。とは言え、それは高明の境遇からの状況証拠に過ぎず、高明以外にも藤原氏に同じような目に遭わされた源氏一族はたくさんいるので、その誰が原作者でもおかしくはありません。また仮に『源氏物語』の原作者が源高明であるとしても、全部を一人で書いたわけではなく、それ以外に多数の書き手がかかわって書き足されたり書き換えられたりしていると見るべきでしょう。

『源氏物語』複数作者説

複数作者説は珍しいものではなく、古くは室町時代以降たびたび登場しています。平安朝時代の物語においては後から書き加えられたり書き換えられたりすることが多く、比較的短かった当初の『源氏物語』に対して多数の書写者の手で短編や中編程度の物語が書き加えられたり、後世の書写者の手で別の物語と合体させられたりして次第に肥大化して巨大な長編小説になったとして、執筆や改変にかかわった人数は少なくとも二十名以上と推論されています。

藤原氏全盛の当時のことですから『源氏物語』は当初、源氏もしくはアンチ藤原氏である立場の人々の間で読まれたり、読まれながら書き足されたりしたはずです。藤原氏側の人々は読んでいなかった可能性が高いのではないでしょうか。また『源氏物語』の原作者たちは「自分が書いた」と名乗り出ることはあり得ません。

そういう作者不詳の物語が人気を集めているところに「私が書いた」と自分の日記に記述し

たのが中宮彰子のサロンにいた藤原為時の娘であり、後から彼女は紫式部と呼ばれるようになって、その日記も『紫式部日記』と呼ばれるようになっただけだ、というのがアンチ式部派による謎解きです。確かに当時、『源氏物語』の名称もはっきりせず、作者も不詳であり、式部と『源氏物語』を結びつける文献は式部自身の日記以外にはまったく存在しなかったという状況は、こうした謎解きに合致しています。

一方、同じような複数作者説ですが、宮廷内の女房など多数の女性の手によるものだとするのが国文学者の神野藤昭夫です。

女房たちによる女房たちのための物語

『無名草子』は鎌倉時代初期の作者不詳の女性による王朝物語への文芸評論書ですが、その中に『源氏物語』が書かれたきっかけについての記述があります。

当時、宮廷内などで読まれた物語づくりに深くかかわっていたのが斎院です。斎院とは『源氏物語』中にも登場しますが、賀茂の神の祭祀に仕える存在です。伊勢神宮に仕える斎宮と似ていますが、こちらが仕えるのは賀茂の神です。天皇家の内親王が代々務めていましたが、文化的活動で知られる斎院も多かったとされます。『無名草子』には、斎院の中でも大斎院と呼ばれた選子内親王から、中宮彰子は「退屈を慰められるような物語がそちらにあるか」と尋ねられたと書かれています。中宮は式部に「何を差し上げたらよいか」と相談しました。「珍しいものはないので、新しく作って差し上げなさいませ」と答えた式部に「ではお前が作りなさい」と中宮彰子が命じた、というのが記述の概略です。

もっとも、『無名草子』の信憑性は必ずしも高いわけではありませんので選子内親王の注文が『源氏物語』執筆の動機だったとするのは事実に反するかも知れません。だとしても、当時の状況として斎院がこのような要請をすることはあり得るので『源氏物語』が斎院サロンによって収集されたり流布されたりした可能性は十分あります。また斎院サロンと中宮彰子サロンは対抗意識を持っていた状況も窺えます。そういう中にあっては、もしかすると場合によっては斎院サロンの女房たちによっても物語が書かれたかもしれない、と神野藤は指摘しています。

実際にも斎院サロンでは「歌合せ」や「物語合せ」を主宰した記録が残っています。和歌や物語を収集していたわけです。そうした中で、「歌合せ」や「物語合せ」のために新しく物語を作ることもあったはずです。

要するに『源氏物語』は宮廷サロンの女房たちのために書かれ、また女房たちはその書き写しに参加するだけでなく物語の改変にもかかわったのでしょう。女房たちは、読者としてはもちろんのこと、ゆかりの人々に伝播する役割も果たしていました。

ただし読者には宮廷内の男性も含まれたはずです。そこで問題となるのが、藤原道長が読者の一人であったか、さらには道長が『源氏物語』の作者に何らかの影響を与えたのかどうかという点です。（乗）

第七章

藤原氏全盛時代になぜ源氏の物語が書けたのか

式部は道長の愛人だった？

十一世紀初め、藤原氏による摂関政治は最盛期を迎えます。その時期に世に知られるようになった『源氏物語』は、あろうことか敵役の藤原氏が外戚の地位から追い落とされて、それに源氏が取って代わるというストーリーです。そんな物語を紫式部が書いたというのですから「藤原道長の娘に仕えていた女房がアンチ藤原色の強い作品を書いたとするのはおかしい」という疑問も浮かびます。「そんなことを書いて大丈夫なの？」というのは当然の疑問です。

もし式部が『源氏物語』の著者だと広く認識されていたならば宮廷サロンの中では相当の風

当たりもあったのではと想像されます。そんな物語をなぜ書けたのかという疑問に対して、式部は道長の愛人説があり、そういう二人の関係だったからこそ、それが可能だったのだとする説を取る研究者も多く存在します。つまり、権力者とつながるメリットがあった式部は納得ずくで道長と男女の関係を結び、道長の庇護を受けたので『源氏物語』を書けたのだ、というわけです。

もっとも愛人説の唯一の根拠文献とされる『紫式部日記』の内容については式部派の研究者はともかくとしてアンチ式部派は信憑性に乏しいとしていますし、『紫式部日記』を引用した『尊卑分脈』にしても、当時の有力貴族の記述が漏れていたり、逆に実在が疑われる人物について書かれていたりするので史料としての信用度は低いようです。

道長は『源氏物語』を読んでいたのか?

藤原道長の側からの有力資料として道長の日記である『御堂関白記』があります。ところが『御堂関白記』には『源氏物語』についても紫式部についても記述は一切ありません。道長は読んでいなかった可能性が高いと思われます。

一方の『紫式部日記』には、道長の屋敷の中で中宮彰子の前に『源氏物語』が置かれていて、道長はそれを見て冗談を言い、それから紙に和歌を書いてみせた、といった記述があります。もし紫式部が道長の娘である中宮彰子のために『源氏物語』を書き、目の前に『源氏物語』を置いて道長と和歌のやり取りをしていたとするなら道長側の記録に出てきてもよさそうなものです。

例えば紫式部の父の藤原為時の書いた漢詩に触れた部分は『御堂関白記』に登場します。道長の部下でもない為時の漢詩については記載があるのに、当時知られていたはずの『源氏物語』を読んだとか『源氏物語』という本の話を聞いたという記述がまったくないのは奇妙な話です。そうしたことから、いわゆるアンチ式部派の研究者は『紫式部日記』の記述には虚偽が多いとしています。

とは言え、式部は道長をパトロンとし、道長の応援を受けたからこそ式部は『源氏物語』を書くことができたのだと説明されると、根拠は状況証拠しかないとは言え説得力はあります。

このほか、式部がアンチ藤原物語を書いたのは摂関家のおごりをいさめるため、という説もあります。そこには中宮彰子の意図が働いており、父親の専横を嫌った中宮彰子が理想的なリーダーになってほしいと『源氏物語』を書かせたとするのです。あるいは当時の一条天皇が道長の専横をいさめるために中宮彰子を通して書かせたとの説もあります。

いずれにしても、アンチ藤原をベースとして多くの人によって書き継がれた『源氏物語』が、なぜ藤原氏出身の女房で、もしかすると藤原氏のトップである道長の愛人かもしれない女性が作者とされてしまったのかという謎は依然として謎として残されたままです。(乗)

コラム④

『源氏物語』は果たして名文か

——悪文の標本也

古典文学の代表格とも呼び得る『源氏物語』ですが、この物語を拒絶する「源氏嫌い」の系譜も根強く存在しました。鎌倉時代の仏教説話集『宝物集』には、妄語を語った罪によって紫式部が地獄に落ちたという話が記されています。江戸時代になると和歌・物語文化の担い手であるはずの天皇からも、「源氏」に耽溺する文弱な朝廷文化を批判する意見が出ました。『源氏物語』を軟弱な誨淫の書と見なす考え方は、日本文化のなかを静かに底流し続けていたのです。なかでも明治維新に伴う富国強兵思想の確立は、大きな危機でした。冒頭の辛辣な一文は斎藤緑雨によるものですが、ほかにも内村鑑三は「あのような文学はわれわれのなかから根コソギに絶やしたい」と、正宗白鳥は「読みながらいく度叩きつけたい思いをしつづけたか(中略)無類の悪文である」と、それぞれ酷くこき下ろしています。

根強い「源氏嫌い」の文化がありつつ、『源氏物語』はどのように名作の地位を上り詰めたのでしょうか。その歴史を追ってみましょう。この物語を揺るぎない古典の地位にまで持ち上げたのは、大歌人・藤原定家に他なりません。定家は失われた王朝文化を取り戻すべく、成立後二〇〇年を経てめちゃくちゃになっていた本文の校訂に心血を注ぎました。定家と同時期の河内守源光行・親行親子も、本文の一字一句にこだわり抜き、長い年月をかけて『河内本源氏物語』を完成させています。

こうして写本が確立したことで、『源氏物語』研究が幕を開けます。室町時代の歌人・四辻善成は『河海抄』という初期の集大成とも呼び得る注釈書を完成させました。源氏オタクである彼は、三〇〇年以上前の作品を正確に読み解こうと、語句の解釈だけでなく、出典調査や準拠の指摘に挑みました。知識階級の独占物であった『源氏物語』の大衆化に一役買ったのが、江戸時代の歌人・北村季吟です。季吟が記した『湖月抄』という注釈書は、本文と注釈を一冊で確認できる、当時としては大変画期的なものでした。これにより、多くの人々が手軽に『源氏物語』の世界に触れられるようになります。

長いあいだ凝り固まっていた『源氏物語』の読み方に革命を起こしたのが、江戸時代の国学者・本居宣長でした。宣長は、異国の儒教・仏教の書によって本作を論じてきた旧来の読み方を批判し、物語が「たゞ人情の有のまゝを書しるして」いると主張しました。つまり、勧善懲悪や仏教説話などという枠組みから物語を開放し、その自立性を説いたのです。ただし、「もののあはれ論」を即作品そのものの主題とするには問題があります。その眼目が儒仏文化からの開放にあったにもかかわらず、あたかも『源氏物語』そのものの主題であり、ひいては日本文学の土台でもあるように捉えられているのは、過大評価だという向きもあるので、注意が必要です。

近代が『源氏物語』にとって冬の時代であったことは先述したとおりですが、逆風のなかで再評価のきっかけを作ったのが、文豪・谷崎潤一郎でした。谷崎は「最も日本文の特長を発揮した文体」と絶賛し、翌年から現代語訳に取り掛かっています。こうした追い風を受け、戦後になると『源氏物語』は見事な復権を果たします。漫画、舞台、映画などさまざまな加工品に姿を変えつつ、毎年一〇〇本以上の研究論文が生み出されるようになったのです。現代語訳も上梓している作家の田辺聖子は、『源氏物語』を「勝負や黒白のつかないオナゴ文化における『愛』と『恋』の世界を扱ったもの」として、復権の理由を敗戦によるオトコ文化の崩壊に求めました。『源氏物語』は社会状況の変化にともなって、振り子式にその評価を変えてきたといえるでしょう。（北）

第三部

紫式部と『源氏物語』の基礎知識

第一章

一〇分で読める『源氏物語』全あらすじ

桐壺、帚木、空蝉、夕顔、若紫……若き光源氏の女性遍歴

どの帝の御代《みよ》でしたでしょうか、女御や更衣があまた仕えるなかに、さして高貴な身分でもないのに、特別に御寵愛をあつめた方がいました。桐壺の更衣と呼ばれたその方は、帝が愛せば愛すほど、周囲の女御たちの嫉妬心を買って、更衣が帝のもとに参上する際の渡殿《わたどの》に汚物をまかれたり、渡り廊下を塞ぐなどの、度重なる嫌がらせに遭うことになりました。

そのため美しい珠《たま》のような皇子を出産したにもかかわらず、そのわずか三年後には、心労で命を落としてしまうのです。

桐壺の更衣の死に直面して、悲嘆にくれ、その面影を忘れられない日々を送った帝でしたが、ある日後宮《こうきゅう》に、桐壺の更衣に生き写しの藤壺《ふじつぼ》の宮が入内《じゅだい》してくると、悲しみの日々から少しずつ解放され、心を癒やされていきました。

帝は桐壺の更衣が遺した才気溢れる、美しい皇子を連れて藤壺のもとを訪れることが多かったのですが、皇子も亡き母の面影のある藤壺をすぐに慕うことに。世間ではこの美しい二人を讃え、皇子を「光る君《きみ》」、藤壺を「輝《かがや》く日の宮」と呼んだのでした。

美貌にくわえ、学問や技芸の才を遺憾なく発揮するその光る君に転機が訪れたのは七歳のとき。もとより皇子には母の後ろ盾がないこともあって、帝は源氏の姓を与えて臣籍《しんせき》に降下《こうか》させることにしたのです。

やがて十二歳で元服した光源氏は、左大臣家の姫君・葵の上と結婚しましたが、ツンとりすました年上の妻との結婚生活になじむことはありませんでした。妻の兄で親友の頭中将から聞いた「中流階級の女性に魅力的な人が多い」という話に興味を惹かれ、女性遍歴を重ねていくのです。

受領階級の男の後妻、空蝉《うつせみ》と契りを交わしたのを皮切りに、身寄りのない夕顔《ゆうがお》という女性と、互いの氏素性も伝えずに付き合いだし、毎夜、通うようになりました。

しかしある日、夕顔を近くの廃院に連れ出して二人だけの逢瀬を果たすと、源氏の夢に現れた美しい変化《へんげ》の女が夕顔を襲い変死させるという事件が起こり、この怪異をきっかけに、源氏も病に倒れてしまいます。源氏が全快したのは、その年も秋が深まってからのこと。

『源氏物語』の作者はここで、本来は書かなくてもいいこのような源氏の若気の至りともいうべき恋愛譚をあえて記したのは、天皇の皇子だから口当たりのいい話しか書かないと、リアリティが失われるからと、しゃべり過ぎの罪を甘んじて受ける覚悟まで述べています。

そんな源氏が十八歳の春、患った瘧病《わらはやみ》の治療のために訪れた北山のなにがし寺で、運命の出会いを果たします。ここで源氏が垣根越しに見た十歳くらいの少女は、亡き母の面影を求めて慕ううち、一人の女性として恋するようになっていた藤壺の宮に瓜二つだったのです。

末摘花、紅葉賀、花宴、葵、賢木、花散里……未来を照らす「光」に忍びよる「影」

このとき、「あのような少女を手元に置いて育ててみたい」という思いを強くした源氏は、少女を拉致同然のやり方で引きとりますが、その女性遍歴は以後も止んだわけではありません。

荒れ果てた邸《やしき》に琴のみを友にわび暮らしをしている末摘花《すえつむはな》も、そんな女性の一人。引っ込み思案で無愛想、おまけにその容姿は驚くほど醜く、源氏を閉口させるほどでしたが、困窮する暮らしぶりに同情した源氏は彼女の生活の面倒を見ることにするのです。

藤壺への思慕も忘れたわけではありません。それどころか、病気のため内裏から実家の三条宮に退出していた藤壺の女房の王命婦《おうみょうぶ》に懇願して、寝室に侵入し、彼女を身籠もらせてしまうのです。

この密通の罪悪感に苛まれた藤壺は、懐妊月数を偽って公表。そのため十月になって、桐壺帝の朱雀院行幸《すざくいんぎょうこう》のリハーサルが宮中の清涼殿で催された際、源氏は頭中将とともに青海波を舞って賞賛されましたが、同席した藤壺の心中はおだやかではありません。

源氏との過ちを思い起こして身のすくむ思いでいた藤壺は、帝にも言葉少なに対応するのが精一杯で、結局、藤壺は予定より二月も遅れて皇子（後の冷泉帝《れいぜいてい》）を出産。桐壺帝が何の疑いもなく源氏と生き写しの皇子の誕生を喜ぶ姿を見て、以降、藤壺の良心の呵責はますます大きく深まっていきます。

そうした藤壺の苦悩を他所に、源氏は、前皇太子の未亡人という高貴な身分の六条御息所《ろくじょうみやすどころ》とも恋仲になっていました。ただ、御息所は源氏の冷たい態度に思い悩まされることも多く、亡き皇太子との間に生まれた娘が伊勢神宮の斎宮《さいぐう》に選ばれたのを機に、源氏との関係を清算し、娘に同行して伊勢に都落ちしようかとも考えていました。

事件が起きたのはそんな矢先、新しく任命された賀茂社《かもしゃ》の斎院《さいいん》の御禊《ごけい》の日のことです。斎院の行列に供奉する源氏の晴れ姿を一目見ようと源氏の最初の子（後の夕霧《ゆうぎり》）を腹に宿した正妻の葵の上が牛車《ぎっしゃ》に乗って出掛けると、ごった返す見物客のなかには、六条御息所の車もありました。その葵の上と御息所の従者との間に争いが起こり、御息所の車は無残にも打ち壊されてしまうのです（車争《くるまあらそ》い）。

このとき胸に秘めて退くしかなかった御息所の深い恨みは、やがて夜な夜な生き霊となって市中をさまよい、ついには源氏の子を出産した直後の葵の上を襲いました。かつて源氏の目の前で死んだ夕顔のように、葵の上も物の怪に憑かれて急死するのです。

悪いことは重なるもので、秋になると、かねてから病気がちだった桐壺帝も崩御されます。このとき藤壺は皇太子（後の冷泉帝）の後見役として源氏を頼みに思いつつも、彼の恋情の激しさを避けるかのように、桐壺帝の一周忌を機に出家、俗世を離れてしまいます。

そうしたなか、源氏にも受難が訪れました。桐壺帝を継いで即位した朱雀帝の母、弘徽殿《こきでん》の太后《おほきさき》（女御《にょうご》）がわが子の地位をおびやかす源氏を退けようと彼の失脚を企てるのです。源氏が自分の妹、皇太子の後宮に入内予定の朧月夜と密会していることを嗅ぎつけた弘徽殿の太后（女御）は、これを理由に源氏を弾劾しようと動きはじめます。

須磨、明石、澪標、蓬生、関屋……どん底から栄光への返り咲き

この弘徽殿の太后（女御）の動きを察知した源氏は、自ら須磨へ退くことで危機を回避しようとします。

しかしその須磨の地も、源氏にとって安住の地ではありませんでした。須磨に居を構えて間もないころ、突然の暴風雨が襲い、源氏の邸宅は落雷により炎上してしまうのです。するとこのとき、夢枕に亡き父、桐壺院が立ってこう告げるのです。「住吉明神の導きに従い、須磨の浦を去れ」。

ほどなくして荒れる海を割って迎えに現れたのは、源氏と同じ霊夢を見たという、一族再興を願って明石に隠棲する明石入道《あかしにゅうどう》でした。かねてから源氏のことを噂に聞きおよんでいた入道は、最愛の娘（明石の君）を源氏に嫁がせようとしていたのです。こうして明石に居を移した源氏は魅力的な明石の君と結ばれ、君は身籠もります。

一方、そのころ、都では不吉な出来事が続きました。

太政大臣に昇進した右大臣が死去し、弘徽殿の太后（女御）も病に苦しんでいました。眼病にかかった朱雀帝は、皇太子への譲位を考えるようになり、先帝の遺言どおり後見役とするため源氏を召喚することにするのです。

わが子を懐妊していた明石の君に、都に呼び寄せることを約束し、形見の琴を残して源氏が帰京すると、朱雀帝は皇太子の元服を機に譲位。冷泉帝が即位し、源氏は内大臣に昇進して、舅の元左大臣も太政大臣に返り咲きました。

一門に政治的な春が訪れた源氏は、このとき、宿願成就の礼のために住吉明神を参詣しますが、そこで源氏の娘を無事出産した明石の君一行と行き違います。海路から住吉明神を参詣しようとしていた明石の君は、舟上から源氏の威光を目にし、わが身の身分違いを痛感して、そのまま再会せずに退散するのでした。

譲位に伴う斎宮の交替によって伊勢から帰京していた六条御息所が重病で倒れたのも、ちょうどこのころです。すぐさま見舞いにかけつけた源氏に御息所は、絶え絶えの息で娘の後見を託すと、波乱に富んだ三十六年の生涯を閉じるのでした。以降、源氏は御息所の遺志を継ぎ、遺児となった前斎宮を冷泉帝の後宮に入内させ、外戚としての地位を得るために画策していきます。

源氏の須磨退去の二年間では、かつての恋人たちにもさまざまな変化がありました。困窮を極めていた末摘花は、源氏に再発見されて源氏の二条院に引き取られました。任期を終えた夫と常陸から帰京の途にあった空蝉は道中、逢坂山で源氏と再会しますが、源氏の再度の求愛にも応じようとせず、夫の死後にあっさりと出家してしまいました。

絵合、松風、薄雲、朝顔、少女……頭中将に次々と勝利する光源氏

親友の間柄にありながらも、ことあるごとに源氏と張りあってきた頭中将も、出世して権中納言の位にありました。わが娘を弘徽殿の女御として冷泉帝の後宮に入内させ、六条御息所の娘の前斎宮（梅壺女御《うめつぼのにょうご》）を後見人として入内させた源氏と、再びライバル関係になっていたのです。

源氏はそのころ、明石の君と愛娘を落成したばかりの二条院に移そうとしていました。ところが、身分の低さを理由に明石の君は誘いに応じず、そんな娘の苦悩を知った明石入道は、明石の君と姫君を嵐山の大堰川のほとりにある遠縁の別邸を修理して住まわせることにします。

この明石の君の転居当初、紫の上に遠慮してなかなか会いに行けずにいた源氏でしたが、嵯峨の御堂の勤行を口実に、明石の君のもとに通うようになります。そうしたなかで源氏が、事情を紫の上に打ち明け、愛くるしい明石の姫君を養女とすることを提案すると、悩む明石の君も母・尼君の説得に応じて姫君を源氏に託すことを決意するに至ります。

一方、源氏の子を産んだ明石の君に嫉妬の念を抱いていた紫の上は、源氏から明石の姫君の引き取りの相談を受けると、自分の手で養育したいと思うようになります。

そのころ、天変地異が続くなか、かねてから病床にあった藤壺が亡くなりました。享年三十七歳。このとき、哀悼に暮れる源氏を驚かせたのは、冷泉帝が源氏への譲位をほのめかしたことでした。帝は藤壺の四十九日、不義の秘密を知る夜居《よい》の僧都《そうず》から実の父は源氏で、数々の天変は帝が父を父として扱わないことへの天の諭しであると説かれていたのです。しかし、静かな生活を望む源氏は、必死で帝をいさめ、なんとか秘密を守り通すことに成功するのです。

そうこうするうち、年が明けて源氏が亡き葵の上との間にもうけた息子の夕霧が十二歳で元服します。源氏は思うところあって、夕霧を六位という低い地位にとどめ、大学に入れて学問をさせることにしました。

その一方、宮中では梅壺女御が冷泉帝に中宮（正妻・秋好中宮《あきこのむちゅうぐう》）として迎え入れられました。それを機に源氏は太政大臣へ、頭中将は内大臣へと昇進したのですが、わが娘・弘徽殿の女御を中宮にできずまたも源氏との争いに勝てなかった頭中将は、次女の雲居《くもい》の雁《かり》が源氏の息子の夕霧と相思相愛であることを知ると、自らの敗北感を慰めるかのように二人の仲を引き裂いてしまいます。

玉鬘、初音、胡蝶、蛍、常夏、篝火……六条院の栄華

かつて五条の廃院で源氏の目の前で物の怪に憑かれて死んだ夕顔には頭中将との間にもうけた娘（玉鬘《たまかずら》）がいました。

育ての親の乳母《めのと》一家に連れられて筑紫《ちくし》の国にいたその娘も二十歳の成人となり、美しさを噂に聞きつけてやってくる求婚者を断る日々を送っていました。後見人の乳母がゆくゆくは身分の高い人に嫁がせたいと願っていたからです。

しかし、肥後大夫《ひごだゆう》の監《げん》という豪族が権力にものをいわせて言い寄って、断りきれなくなった乳母は一計を案じて一族とともに玉鬘を連れ九州を脱出することになります。都に無事逃げのびた一行は九条に住まいを得るのですが、なにぶん後ろ盾のない玉鬘には身分を保証する手立てはありません。

そこで、神仏にすがるべく、石清水八幡宮から長谷寺へと参詣に出かけるのですが、この長谷寺に向かう途上の椿市《つばいち》の宿で、かつて夕顔の侍女だった右近という女性に出会ったことが玉鬘の運命を好転させることになりました。

右近の話から玉鬘の存在を知った源氏が実の父である頭中将にも知らせず、密かに玉鬘を自

分の娘として引き取ることにするからです。このころ源氏は、六条御息所の旧邸跡に豪壮な六条院を築き、正妻格の紫の上をはじめ、明石の君、花散里《はなちるさと》、秋好中宮らを住まわせていましたが、玉鬘もその一員としたのです。

かくして、玉鬘に殺到する恋文の受取人となった源氏は、彼女の身近に添い臥すなどしてちょっかいを出し、玉鬘に拒まれることを苦にするでもなく、恋文の文章を批評したり、異母弟の蛍の宮の前で蛍を放ち、玉鬘の姿をあらわにして恋の炎を焚きつけたり、さながら恋の影の演出家のようにふるまって玉鬘の命運を弄ぶのでした。

一方、そのころ、頭中将（内大臣）はほうぼうへ声をかけて、消息を絶った夕顔の娘の捜索の手を広げていました。弘徽殿の女御や雲居の雁といった娘たちが期待に反し、後宮での地位を獲得できていないことに危惧を抱き、玉鬘を自分のもとに引き取って最後の切り札にしようと考えたのです。しかし、玉鬘は源氏に引き取られて六条院にいるのですから、消息が分かるはずもありません。かわりに近江《おうみ》の君《きみ》という別の隠し子が見つかりましたが、これが早口で謹みのない娘だとわかるとガックリと肩を落とすのでした。

野分、行幸、藤袴、真木柱、梅枝、藤裏葉……掛け違えられた縫い糸の修復

十二月になって、冷泉帝の大原野神社への行幸を見物に出掛けた玉鬘は、行列の中に頭中将（内大臣）の姿を見つけ、初めて見る実父の男らしい姿に感銘を受けます。一方、源氏はそんな玉鬘を冷泉帝に尚侍《ないしのかみ》として仕えさせようと思い立ち、六条院での裳着《もき》（成人）の儀を計画しますが、それにあたって頭中将（内大臣）に玉鬘の秘密を打ち明け、腰結《こしゆい》（裳を着せる役）を依頼するのでした。かくして玉鬘は、実父と劇的な対面を果たし、懐旧の涙に暮れたのです。

その玉鬘が冷泉帝の後宮に入るという噂は矢のように広まり、入内の前に何とか玉鬘を自分のものにしようと多くの求婚者が現れました。玉鬘を異母妹だと思っていたのに、そうでないことが分かって恋情を訴え、困惑された夕霧もそのうちの一人です。

そんななか、色黒でひげの濃い、無骨者として知られた髭黒の大将が玉鬘を獲得し、周囲を驚かせます。あまりにすばやい手際だったため、源氏も不本意ながら玉鬘と髭黒との結婚を認めざるを得ませんでした。

ただ、この一件でもっともつらい思いをしたのは、髭黒の北の方（正妻）です。夫の浮気にショックを受けた北の方は、物の怪に憑かれて乱心し、衣服に香を焚きしめる火取りの灰を夫に浴びせかけ、実家に帰って以後、二度と夫と会おうとしませんでした。こうしたこともあっ

て、結婚当初は悲嘆に暮れるばかりの玉鬘でしたが、やがて髭黒との間に最初の男児を出産すると、次第に落ちつきを取りもどすようになっていきました。

源氏と明石の君との間に生まれた明石の姫君の裳着の儀が六条院で盛大に行われたのは、それからしばらくの月日がたったころのことでした。このころ明石の姫君の皇太子の後宮への入内が決まり、その準備を進めていた源氏は、息子・夕霧の将来についても頭を痛めていました。子どもの行く末について悩んでいたのは、頭中将（内大臣）も変わりません。母大宮の三回忌、深草の極楽寺で夕霧の姿を見かけた彼は、ようやく雲居の雁のとの結婚を許す決意を固めるのです。

こうして裂かれた仲は修復され、二人は晴れて夫婦になりました。この年、源氏は太上天皇《たいじょう》に並ぶ准太上天皇《じゅんたいじょう》という頂点に達し、同時に頭中将（内大臣）も太政大臣に昇進します。

若菜上、若菜下、柏木、横笛、鈴虫、夕霧、御法、幻……源氏を襲う老いと無常観

源氏の異母兄の朱雀院は、母の弘徽殿の太后（女御）が崩御し、かねてから願っていた出家を果たそうとしていました。そんな朱雀院にとって、心配の種だったのは、次女の女三《おんなさん》の宮《みや》の

行く末です。女三の宮の母はすでに他界しており、後ろ盾のない娘を置いて出家するわけにはいきません。娘の婿候補には源氏の子の夕霧、異母弟の蛍の宮、頭中将（内大臣）の息子の柏木などを考えましたが、思案の末、もっとも信頼を寄せていた源氏に降嫁させることを決意します。

間もなく四十歳になろうとする源氏は当初、この朱雀院の頼みを老いを理由に断ろうとしますが、故藤壺の姪にあたる女三の宮の存在が気にならないことはありません。源氏が姫君の後見を約束すると、朱雀院は安心して西山の寺に移っていきました。

それから月日がたち冷泉帝が譲位し、世が今上帝《こんじょうてい》の御代《みよ》に移ったある春のうららかな日、六条院では蹴鞠《けまり》が催され、多くの青年たちが参加していました。そんななかの一人だった柏木は、そこで走り出した猫の首綱で御簾がまくれあがったすきに女三の宮の美しい立ち姿を垣間見て、あるべからぬ恋に落ちてしまいます。

柏木にはかつて女三の宮への思慕を募らせながら、自身がふさわしい官位に及ばず求愛をあきらめた過去があったのですが、そんな女三の宮への恋心に源氏に嫁いだ今になって再び火が付いたのです。

一方、ちょうどそのころ、源氏が女三の宮を娶ってからというもの、身分の差から公式には女三の宮が正室ということになるため、心乱れる日々を送っていた紫の上が思い悩むうち、とうとう重い病にかかってしまいました。
あわてた源氏は、紫の上を二条院に転地させて看病にあたりますが、事件はその機に乗じて起こりました。源氏が留守中の六条院を女三の宮への思いが断ち切れない柏木が訪れ、部屋に侵入して、強引に犯してしまったのです。

このことはやがて、女三の宮へあてた柏木の恋文によって源氏の知るところとなりますが、良心の呵責に苛まれた柏木は源氏の怒りに対する恐れもあって、重篤な病に倒れ、ついにはあっけなく命を落としてしまいます。

一方、女三の宮の苦悩も深く、彼女は柏木の子を身籠もると、男児（後の薫）を出産しましたが、源氏に冷淡に扱われると、噂を聞いてやってきた父朱雀院にすがり、自身も出家してしまいました。

かくして、かつて藤壺との間に不義の子（冷泉帝）をもうけてしまった源氏の手に、今度は過ちによって生まれた子が託されたのです。この悲嘆にくれる源氏に追い打ちをかけたのが、最愛の紫の上との別れです。

一時は六条御息所の死霊に取り憑かれて危篤に至ったものの、五戒を受けてかろうじて快復。その後は一進一退の小康状態を続けていた紫の上が力尽き、消えてゆく露のように逝去すると、抜け殻のようになった源氏はついに出家の決意をするのでした。

匂宮、紅梅、竹河、橋姫、椎本、総角、早蕨……次世代の貴公子たちの物語

源氏亡きあと、その威勢を継ぐような者はいませんでしたが、宮廷社会のなかで二人の貴公子が評判をとる時代になりました。一人は、今上帝と明石の中宮との間に生まれた第三皇子の匂宮《におうみや》、もう一人は、柏木と女三の宮との間に生まれた不義の子、薫君《かおるのきみ》です。

薫は生まれつき体から不思議な香気を発したので「薫《かお》る中将《ちゅうじょう》」と呼ばれたのに対し、匂宮は薫への対抗心から常に衣服に素晴らしい焚き物をしていたので「匂《にお》う兵部卿《ひょうぶきょう》」と呼ばれていました。

宮中の人々は、この貴公子たちにわが家の娘を嫁がせようとあれこれ画策しますがうまくいきません。

とくに冷泉帝の後見を受け、源氏の子として育てられていたものの、本当の父が他にいるのではないかという疑惑を胸に抱き何かにつけ思い悩むような青年だった薫は、恋愛どころではなかったのです。

その薫がある日、京都から遠く離れた宇治の山里に八の宮という老宮がいることを知りました。八の宮は朱雀帝をいただく弘徽殿の太后（女御）が権勢を振るっていたころ、陰謀に巻き込まれて零落して以来、宇治に下って在俗のまま仏道精進しており、日ごろから世をはかなんで出家に憧れを抱いていた薫は、この八《はち》の宮《みや》のもとに足しげく通って仏道談義に明け暮れるようになるのです。

そうしたなか、ある日、その八の宮の山荘で霧に見え隠れする秋の月光の下、楽器を奏する大君《おおいぎみ》と中《なか》の君《きみ》という八の宮の愛娘姉妹の姿を垣間見た薫は、六十一歳の厄年を迎え出家への思いを強くしていた八の宮から娘たちの後見を託されます。

こうしてかつて柏木に仕えていたという弁の尼から、自身の出生の秘密を明かされた薫が、わが宿命を悲しむとともに、大君への恋情を募らせていくのです。

ところが、日ごろ「決して軽はずみな結婚をせず、宇治の地を離れてはいけない」と娘たちを戒めていた八の宮がこもっていた宇治山の阿闍梨の寺で往生を遂げたことを知った大君は、薫の愛の告白に応じようとしません。

薫を妹の中の君の婿にして自身は後見になるというのです。案じた薫は、妹の中の君が匂宮と結婚すれば、大君も自分に心を動かすに違いないと考え、匂宮をそそのかしてこれを実行に移します。

しかし、この薫の策略にショックを受けた大君は、なかなか宇治に通ってこない匂宮に苦悩する妹、中の君への同情も重なって、病に倒れてしまいました。そして、失意のうちに薫に看取られながら、あの世に旅立ってしまうのです。

父と姉を失った中の君はその後匂宮に迎えられて、宇治をあとにしますが、薫は以降も彼女に会うたび、匂宮に嫁がせたことを深く後悔するのでした。

宿木、東屋、浮舟、蜻蛉、手習、夢浮橋……さらに展開する愛執の結末

二条院に引き取られると懐妊した中の君でしたが、あきらめきれずにたびたび恋情を訴えてくる薫には困惑させられていました。そんな中の君がある日、薫に亡き姉に生き写しの異母妹（浮舟）がいることを知らせます。妹は八の宮に認知されなかったため、受領の後妻となった母親とともに諸国をさすらっているというのです。

話を聞いた薫が久しぶりに宇治を訪ねると、宇治橋で見知らぬ車を目にします。確かめると、果たしてそれは初瀬詣（長谷寺参詣）の帰りに宇治に立ちよった浮舟の車なのでした。山荘で浮舟が大君と瓜二つであることを垣間見た薫は、感動のあまり落涙します。

そんな薫がさっそく、浮舟の母に求婚の意を伝えると、はじめは身分違いの結婚をためらっていた母親でしたが、浮舟を姉の中の君と会わせるために訪れた二条院で都の高雅な様子を体感すると、女は結婚に高い理想を持つべきだと考え直します。二条院滞在中には、あわや匂宮に発見され、言い寄られるという事件も起こりますが、母親は浮舟と薫を引き合わせ、二人は契りを交わすことになりました。薫は、宇治に匿うようにして浮舟を移り住まわせます。

しかし、このことはやがて匂宮の知るところとなります。宇治の浮舟から中の君のもとに届いた手紙が、匂宮の目に留まったのです。

今上帝の第三皇子という立場上、好き勝手に外を出歩けない境遇の匂宮でしたが、このときの行動は実に早いものでした。お忍びで宇治に赴くと、薫を装って浮舟の寝室に侵入し、情熱的にかき口説いて浮舟と契りを交わしてしまうのです。

浮舟は当然、この匂宮の出現に戸惑いますが、薫の数少ない訪問を待ちわびる寂しい日々を送っていただけにその心は大きく揺れました。ある雪の日も、匂宮は雪をかき分けて浮舟に会いに来て、彼女への永遠の愛を誓いました。そして、小舟に乗って対岸の小家を訪ね、匂宮と浮舟は誰にも邪魔されることのない甘美な二日間を過ごします。

しかし、そうした逢瀬も束の間、やがて二人の男の愛のはざまに立たされ苦しみを募らせた浮舟は、宇治川に身を投げ、すべてを清算しようと失踪してしまいます。

浮舟が姿を消したことで、宇治の山荘は大騒ぎとなり、噂を恐れた母親は遺骸のないまま葬儀を行いましたが、浮舟は死んではいませんでした。横川の僧都一行に保護され、比叡山の麓の小野の山里で暮らしていたのです。このことを知った薫は、横川の僧都を通じて浮舟のもとを訪ねますが、再び愛執の苦悩を味わいたくない浮舟は薫の手紙に返信することもなく、沈黙を貫くのでした。（内）

第二章

光源氏を愛し、妬んだ女性たち

桐壺《きりつぼ》の更衣《こうい》

光源氏の実母。故按察大納言《あぜちだいなごん》の娘。

桐壺帝の寵愛《ちょうあい》を一身に集めたが、援助してくれる父・按察大納言を早くに亡くして特別な後ろ盾を持たなかったため、実家の政治的・社会的地位相当に待遇されるという後宮《こうきゅう》の秩序を乱したことから、激しい嫌がらせに遭い、珠《たま》のような皇子を授かるものの、ほどなくしてこの世を去ってしまう。残された美しい若君、後の光源氏がまだ三歳のときであった。

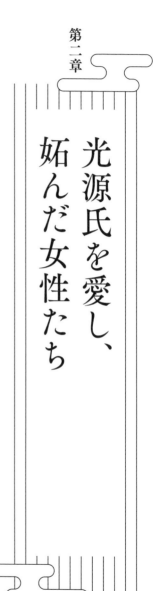

限りとて　別るる道の　悲しきに　いかまほしきは　命なりけり

知る人も　なき別れ路に　今はとて　心ぼそくも　急ぎたつかな（藤原定子『後拾遺集』537）

その辞世の歌の類似より、一条天皇《いちじょう》の中宮《ちゅうぐう》で早逝した藤原定子《ていし》をモデルに描かれたともいわれる。

藤壺《ふじつぼ》の宮《みや》

先帝の第四皇女。その美しさから「光る君《ひかるきみ》」と呼ばれた光源氏に対して、「輝く日の宮《かがやくひのみや》」の愛称で呼ばれた。

桐壺の更衣に生き写しの美貌の持ち主として更衣の亡き後、憂鬱に閉ざされていた帝の心を癒やすために後宮《こうきゅう》入り。しかし、帝のみならず、その美貌と卓越した資質、見る者すべてを微笑ませる不思議な力をあわせ持つ五歳違いの皇子《みこ》＝光源氏からも、最初は母の面影を求めて、ついにはそのとめどない恋情から、あるべからず求愛を受けることになる。そして、病気で帰っていた里邸で、忍び込んだ光源氏の子を身籠った藤壺の宮は、懊悩の果てに偽った懐妊月数を公表して出産。その不義の子を自らの皇子として疑わずに熱愛し、東宮《とうぐう》（皇太子）とした桐壺帝の退位前には立后《りっこう》するが、二十八歳のときに帝が病を得て崩御すると、その一周忌には唐突に出家《しゅっけ》してしまう。

やがて朱雀帝《すざくてい》が譲位してわが子が冷泉帝《れいぜいてい》として即位すると、情理をわきまえた帝の母后《ぼこう》として、何不自由なく仏道に余念なき日々を過ごすも、冷泉帝の出生、そのいきさつの秘匿からは最期まで自由になることはできず、罪の重さに苛まれながら、三十七歳でその波乱の人生の幕を閉じる。

弘徽殿《こきでん》の大后《おほきさき》（女御《にょうご》）

桐壺帝の第一皇子《みこ》（後の朱雀帝《すざくてい》）の母。源氏の政敵。権勢をふるう右大臣の娘。帝の愛情がわが子ではなく桐壺の更衣の皇子（光源氏）に移り、ひいては東宮《とうぐう》（皇太子）の座を脅かされるのではないかと危ぶみ、嫉妬から激しい嫌がらせを行う。

東宮（後の朱雀帝）の後宮入りが決まっていた妹の朧月夜が、かねてより退けようとしていた光源氏と密会を重ねているのを知り、追い落としのために朝廷に対する謀反を画策する者であるという風評を流してその官位をはく奪、自ら蟄居《ちっきょ》するように追い込んだ。

朧月夜《おぼろづきよ》

右大臣の六女。弘徽殿の女御の妹。二十歳の春、紫宸殿《ししんでん》の桜の宴の夜に、酔って弘徽殿へと忍び込んだ源氏は、ちょうどそこに「春の夜の朧月夜に似るものぞなき」と歌いながらやってきた一人の女性を捕らえて、一夜をともにする。翌朝、扇を交換しただけで、素性も明かさず慌ただしく別れて、朧月夜と名付けたその女性とは、しかし、ほどない三月、再び巡り会う。右大臣邸の藤の花の宴に招かれたときのことで、このときは扇子をしるべに相手を知って逢瀬を持つことができた。女性の素性は、権勢を振るう右大臣の六女。源氏の異母兄、東宮の後宮への入内が決まっていたが、以降、朧月夜は、朱雀帝に尚侍《ないしのかみ》として仕える公人の身となってからも関係を続け、二人はやがて内裏や右大臣邸でも密会、危険な情事にのめり込んでいく。

結局、この関係は、折からの落雷で退去する潮時を逸した源氏を、見まわりに来た右大臣が発見して露見することとなり、政敵ともいえる弘徽殿の女御が策略をめぐらして、源氏の官位剥奪、須磨での蟄居へとつながっていく。

葵《あおい》の上《うえ》

後ろ盾のない皇族のままで皇嗣《こうし》争いに巻き込まれて苦労するより良いと考えた桐壺帝が、源の姓を与えて皇族から皇位継承権のない臣籍《しんせき》に下《おろ》し、十二歳で元服した源氏が正室に迎えた左《さ》大臣《だいじん》の娘。頭中将《とうのちゅうじょう》の妹。

源氏は、葵の上のほうが四つ年上ということもあってか、彼女の取り澄ました性格にどうもなじめない。

結婚後十年ほどして、ようやく最初の子、夕霧《ゆうぎり》を産むが、出産を前にした賀茂《かも》神社の新斎院《さいいん》の御禊《ごけい》の日に、随行する源氏を見に身重の身体を押して出かけ、車争《くるまあらそ》いになり恨みを買った六条御息所《ろくじょうのみやすどころ》の生霊《いきりょう》に取り憑かれて急逝。

空蝉《うつせみ》

臣下に下ろされ、姓を賜わり元服して近衛中将《このえのちゅうじょう》となった源氏が、その女性遍歴で最初に関係した女性。

紀伊守《きいのかみ》の父伊予介《いよのすけ》の若い後妻。方違《かたたが》えで訪れた紀伊守の邸宅で出会った源氏を受け入れて一夜の過ちを悔いつつも、贈られてきた手紙に高揚する気持ちを隠しきれない故中納言の娘。しかし、人妻であり、身分違いである。そんな自身を顧みて、流されてはいけないと関係を自制。紀伊守の留守に源氏が忍び込んだときも、その芳しき香りで気がつき、小袿《こうちぎ》（薄着）を一枚残して、寝床を逃げ出してしまう。

以降、事あるごとの源氏の求愛を袖にし、源氏が二十九歳の秋、石山寺詣《いしやまでらもう》でに訪れた際に、常陸《ひたち》からの帰京途上の空蝉と逢坂《おおさか》の関《せき》で邂逅《かいこう》したときには、互いに歌を贈答しあって思いを交わすものの、このときも空蝉は時の内大臣たる源氏の威勢を痛感して、常陸介の病疫後に早々に出家してしまう。

夕顔《ゆうがお》

玉鬘《たまかずら》の母。十七歳の夏、乳母《めのと》の病気見舞いに訪れた源氏が出会った垣根に夕顔が咲く隣家に仮住まいしていた中流層の女性。互いに氏素性をあかさず、つき合うようになったが、源氏は気がついてみると、我を忘れて夢中になっていた。その内気で頼りなげでありながら、おおらかで自己主張せず、ものやわらかなたたずまいの虜になったのだ。

そんな夕顔がある秋の一日、二人だけの耽溺《たんでき》の時間を過ごすために源氏と訪れた五条近くの「某《なにがし》の院《いん》」（廃院）で急死する。

そのとき源氏がまどろみながら見た美しい変化の女が恨み言を述べる姿からは、悪霊にでも取り憑かれて息絶えたとしか考えられない。

逢瀬の末の不始末。秘密裏に茶毘《だび》に付してなんとか取り繕った源氏が後日、最後まで夕顔に仕えていた侍女《じじょ》の右近《うこん》に聞いて明らかになった夕顔の素顔は、三位中将《さんみのちゅうじょう》の娘であったが早くに両親を亡くし、三年ほどは源氏の義兄でもある頭中将《ちゅうじょう》の愛人をしていた。しかし、中将の正妻から脅されて、大弐《だいに》の乳母《めのと》の西隣の家に隠れ住んでいた。頭中将との間には娘が一人いるというものだった。

紫《むらさき》の上《うえ》（若紫《わかむらさき》）

源氏の事実上の正妻。十八歳の春、源氏は瘧病《わらわやみ》を患い、その加持《かじ》（治療）のために訪れた北山《きたやま》で、恋い慕う藤壺の宮を彷彿とさせる一人の美少女若紫《わかむらさき》を垣間見る。

調べると、似ているのも無理はない。祖母の尼君《あまぎみ》に育てられる十歳ほどの少女は藤壺の兄・兵部卿宮《ひょうぶきょうのみや》の隠し子で、藤壺の姪にあたることが判明する。やがてそんな藤壺似の若紫を自分の思いどおりに育ててみたいという気持ちが大きくなった源氏は、養育の申し出を拒み続けた尼君が亡くなると、乳母《めのと》ともども若紫を強引に二条院に連れ去ってしまう。

以降、最晩年まで伴侶として源氏と生をともにして、恋多き源氏を長年にわたってひきつけるのだが、残念ながら自身は子に恵まれない。源氏が蟄居中に明石《あかし》の君《きみ》との間にもうけた明石《あかし》の姫君《ひめぎみ》を養女として、冷泉帝《れいぜいてい》の後宮《こうきゅう》へ入内《じゅだい》させるだけだ。

家と家、親と親同士が合意の上で結ばれる正式な結婚をしていないから、その夫婦間にはどうしても葵の上との間にあったような社会的な認知はない。

そうした二人の関係が思わぬ危機を招いたのが、晩年、源氏が朱雀院の頼みで第三皇女の女《おんな》三《さん》の宮《みや》を娶り、その家柄から彼女が正妻として扱われることになったときのことだった。女三の宮、十四～五歳、紫の上、三十二歳。

むろん紫の上は外見は動ぜず、源氏と女三の宮の結婚を祝福した。しかし、六条院の秩序を保つためのそうした心労がもとで、やがて病に倒れてしまう。その病状は一進一退を繰り返し、その間、紫の上は出家《しゅっけ》への思いを明かすが、源氏はそのような紫の上の思いを理解せず、執着してただつききりで看病にあたるだけ。紫の上の力が尽きこの世を去ると、一年後、後を追うように自身が出家して、源氏も消え入るのだった。

六条御息所《ろくじょうのみやすどころ》

源氏が十七歳で情けを交わすようになった七歳年上の、亡くなった前東宮《とうぐう》（皇太子）妃《ひ》。趣味、教養、知恵、分別のすべてにこだわり、寸分の隙もない、品格に優れた高貴な女性。

しかし、互いの関係が深まるにしたがって、御息所のその立派さ、思慮深さが源氏の足を逆に御息所から遠ざけるようになっていく。常に緊張を強いられて安らげないからである。

一方、御息所は御息所で、そうした源氏との関係の不調に悩み苦しんでいた。会えないのは寂しく悲しいが、だからといって、それを訴えるには分別が邪魔をし、プライドが高すぎた。だいぶ歳上だったことも素直になれない理由だったのかもしれない。

そうしたなか、前東宮との間の一人娘が伊勢神宮の斎宮《さいぐう》に選ばれ、共に伊勢に下り源氏と距離を置くべきかどうか、迷っているときに起こったのが、賀茂社の新斎院《さいいん》の御禊《ごけい》の日の車争《くるまあらそ》いだった。

この日、六条御息所が御禊に随行する源氏の晴れ姿を一目見ようと、一条大路に網代車《あじろぐるま》で陣取っていると、そこに現れたのが、源氏の子（後の夕霧）を身籠もった正妻・葵の上の車だった。小競り合いの末、車を壊されて人垣の後ろに追いやられ、公衆の面前で愛人であることを暴露されて無様な姿を見せたプライド高き御息所の恨みは、どれほどのものだったことか。

そうした恨みの蓄積はやがて御息所自身も意図しない形で、怨霊《おんりょう》になって後々まで源氏の愛した女たちを襲うことになる。

そんな女の恨みの象徴ともいえる六条御息所は、車争いの後、結局、源氏への愛執を断ち切り、一人娘に同行して伊勢へと下る。しかし、冷泉帝の即位にともない再び斎宮交代になると、伊勢から帰京。病に倒れ、それを聞き駆け付けた源氏に娘の後見《うしろみ》を託して、三十六年の人生に幕を閉じることになる。

秋好中宮《あきこのむちゅうぐう》

前東宮、故前坊《ぜんぼう》と六条御息所の一人娘。御代《みよ》が桐壺帝から朱雀帝に移るに際して、伊勢神宮の斎宮《さいぐう》に卜定《ぼくじょう》されたが、朱雀帝が退位して再び斎宮が交代すると、六条御息所の遺言で源氏の養女となって、二十二歳で冷泉帝（十三歳）の後宮《こうきゅう》へ入内《じゅだい》、梅壺女御《うめつぼのにょうご》となる。

絵が得意で、その巧みな絵で帝の関心を惹くと、弘徽殿の女御となっていた娘のために張り合った権中納言《ごんちゅうなごん》（かつての頭中将）が絵師に絵物語を描かせるなどしたため、宮中での絵画熱が高まり、帝と藤壺の宮を前にして二回にわたる物語絵の優劣を競う絵合《えあわせ》の会が開催されることになる。

ちなみに、源氏晩年の四季をテーマにした大邸宅・六条院は、六条御息所の旧邸跡を含む土地を造営してつくられたが、その秋の町は秋好中宮の里邸も兼ねていた。

明石《あかし》の君《きみ》

明石入道《あかしのにゅうどう》の娘。明石の姫君の母。

住吉明神《すみよしみょうじん》の導きによって、明石に隠棲することになった源氏と結ばれて明石の姫君を授かる。しかし、冷泉帝の御代《みよ》となり、復権した源氏が母娘を都に呼び寄せようとすると、身分違いを理由に応じようとせず、一計を案じた明石入道が嵐山《あらしやま》の大堰川《おおいがわ》のほとりに遠縁の別邸を改修し住まわせる。そこへ源氏が嵯峨《さが》の御堂《みどう》の造営を口実に通うようになって復縁。その過程で愛娘の愛くるしさに感動した源氏が、姫君の入内《じゅだい》も念頭に事情を紫の上に打ち明け、姫君を二条院に引き取って養女とすることを持ちかけると、明石の君は母・尼君《あまぎみ》の説得もあって嘆き悲しみながらも、その養女の申し入れに応じる。

それもあって明石の姫君の東宮（後の今上帝《こんじょうてい》）の後宮への入内では、育ての親である紫の上から、内裏での後見役《うしろみ》に推薦された明石の君が、六条院に同居しながらも実の娘である姫君と八年ぶりに再会、感涙にむせぶことになる。六条院の冬の町の主人。

明石《あかし》の姫君《ひめぎみ》

源氏と明石の君との間の一人娘。今上帝の中宮。匂宮《におうみや》の母。十一歳で東宮の後宮に入内（殿舎は桐壺）、十三歳で第一皇子を生むと、以降も今上帝の篤い寵愛を受け、四男一女に恵まれる。母・明石の君の身分の低さもあって、三歳で源氏と紫の上の養女となり、紫の上から后教育を受け、入内を前にした裳着《もぎ》の儀《ぎ》では、秋好中宮《あきこのむちゅうぐう》が腰結《こしゆい》役を務めた明石の姫君は、祖父・明石入道が見た霊夢の予知どおりに国母《こくぼ》となるものの、紫の上の死に際しては、源氏とともに二条院で育ての親の最期を看取る。

末摘花《すえつむはな》

「常陸宮《ひたちのみや》の娘が父亡き後、年老いた女房に囲まれ琴《きん》だけを友に、荒れ果てた家で、寂しく雅《みやび》に暮らしている」。乳母子《めのとご》の大輔命婦《たいふのみょうぶ》から聞いたこんな話に妄想をたくましく心を動かした源氏が、一夜の契りを交わし、以後、生涯をともにすることになる女性。古風な教育を受けて育ったその態度は、奥ゆかしく恋の駆け引きを知らぬどころか、度を超えて古めかしく、そのファッションセンスはちぐはぐで、おまけに訪れた冬の朝、雪あかりで初めて目にした彼女の容姿は、胴長の体に、象のように長く先の曲がった赤い鼻ばかりが目立つ凄《すさ》まじい醜《みにく》さ（末摘花《すえつむはな》という呼び名は「鼻が赤い」ことからベニバナの異名とかけて源氏がつけたあだ名）。源氏がそのルックスに幻滅したのはこの呼び名からも分かるが、それを「自分以外に世話をする男はいまい」と思い直して、以降、面倒を見続けることにするのも、やはり源氏ならでは。

ゆえに、源氏が須磨・明石で蟄居・隠棲していた間の末摘花の生活は困窮を極めるが、そうしたなかにあっても、世間知らずで融通性がない彼女は、「いつかは源氏の君が救いに来てくれる」と、ただひたすら一途に源氏を信じ続ける。結局、虚仮の一念岩をも通す。冷泉帝の御代《みよ》となって一年、復権して太政大臣になった源氏が常陸宮邸近くを通りかかり、ようやく思い出して引き取り、晴れて末摘花は落成したばかりの二条院東院の住人に。

その後も「こちらが恥ずかしくなる」などと源氏を苛立たせながらも、生涯にわたって源氏とかかわり続けることになる。

花散里《はなちるさと》

桐壺帝の妃だった麗景殿《れいけいでん》の女御《にょうご》の妹で、源氏とは当時から情を交わす仲だったが、その出会いやなれそめは語られていない。源氏が須磨・明石での蟄居・隠棲から帰京、故桐壺帝から受け継いだ邸を改築して二条東院《にじょうひがしのいん》が落成した際には、そこに、元服したものの六位《ろくい》に留め置かれて、大学に通って勉強をすることになった源氏の一人息子、夕霧の後見《うしろみ》役として迎えられ、二年後、源氏晩年の大邸宅、四季を表現した六条院が落成した際には、今度は源氏の養女となった玉鬘の後見を託され、夏の町の主人として迎えられている。

そんな源氏の信頼厚い花散里は、源氏亡き後、その遺産として、二条東院を譲り受けた。

玉鬘《たまかずら》

源氏との逢瀬中に物の怪《もののけ》に憑《つ》かれて急逝した夕顔と頭中将（後の内大臣）の間の一人娘。乳母《めのと》一家とともに下向した筑紫《ちくし》で美しい娘に成長していたが、肥後《ひご》の豪族大夫監《たいふのげん》に強引に言い寄られて、九州を脱出することに。

なんとか都にたどり着くも、頼るあてなく、神頼みに石清水八幡宮《いわしみずはちまんぐう》から長谷寺《はせでら》へと向かうと、その途上、かつて夕顔の侍女をしていて現在は紫の上に仕える右近《うこん》と再会。それがきっかけとなって実父である内大臣に娘の名乗りもせぬままに、源氏の養女となり、六条院の夏の町に引き取られる。

六条院では、その夕顔譲りの美貌と器量で求婚者を集める一方、養父である源氏からも懸想《けそう》されたりしたが、やがて尚侍《ないしのかみ》として冷泉帝に仕えるため、裳着《もぎ》（成人式）の儀を行うことに。このとき源氏はその腰結《こしゆい》（腰紐を結ぶ重要な役回り）役を実父である内大臣に頼み、内大臣と玉鬘に親子の名乗りを上げさせる。

そうして玉鬘の尚侍就任が明らかになると、以前にもまして求婚者が殺到。しかし、大方の予想を裏切って、人気の玉鬘を手にしたのは、髭黒《ひげくろ》の大将《たいしょう》だった。かつて玉鬘から問題外と評されていた髭黒の大将は女房の手引きを得て、源氏すらも文句が付けられない素早さで玉鬘と一夜をともにしてしまい、それゆえ正妻が里邸から戻らず、謝りに行っても顔も出さないという揉めぶりで、その手元から娘たちを失うことになる。そうした事態には玉鬘もどうしたらいいか分からず、戸惑うばかりだったが、そんな玉鬘もやがて自ら男の子を産むと、髭黒の大将の妻として、その流浪の人生に幕を下ろす。

女三《おんなさん》の宮《みや》

重い病気にかかり一日も早く出家をしたいという異母兄の朱雀院から四十歳を前に降嫁《こうか》を持ちかけられた源氏が、故藤壺の宮の妹（藤壺女御《ふじつぼのにょうご》）の娘というその素性に興味を持ち、娶って六条院に住まわせることにした朱雀帝の次女。第三皇女。

しかし、そうしたなか女三の宮には、自身も婿候補でありながら、当時はまだ官位が低く諦めることになった内大臣（かつての頭中将）の息子、柏木《かしわぎ》が以前から入れ上げ、その思いを断ち切れないでいた。

その柏木が、ある日六条院で開催された蹴鞠《けまり》の会で猫の首綱《くびつな》でまくれあがった御簾《みす》越しに女三の宮の姿を見ることに。

思いが再燃した柏木は、御代《みよ》が今上帝《こんじょうてい》へと移るものの、尽きぬ思慕を振り払えず、ついに葵祭の前日、源氏が留守にする六条院を訪れると、女三の宮を強引に犯して、身籠もらせてしまう。このことはやがて柏木の女三の宮への手紙を読むことで、源氏にも知れることとなったが、苦悩が深いのは、歓迎されない不義の子（薫《かおる》）を生んだ女三の宮も同じで、結局、噂を聞いて訪ねてきた朱雀院にすがって自身も出家してしまう。

宇治《うじ》の大君《おおいぎみ》

宇治の山里で俗聖《ぞくひじり》として仏道精進を続ける老宮、八《はち》の宮《みや》の二人の愛娘の姉君。八の宮に、私淑して後見《うしろみ》を託された薫《かおる》が愛情を注いでいくが、「(皇族として)軽はずみに結婚して宇治を離れてはならない」という八の宮の訓戒を守って薫の求愛に応じようとせず、しびれを切らした薫が妹・中《なか》の君《きみ》と匂宮《におうみや》を契らせると、その策謀にショックを受けて病に倒れ、加えてなかなか匂宮に会えず苦悩する妹への同情もあって、失意のうちにあの世へ旅立ってしまう。

浮舟《うきふね》

八の宮のもう一人の娘。大君、中の君の異母妹。認知されなかったため受領の後妻となった母とともに諸国を回っていたが、亡き大君と生き写しなのを知った薫が求婚して契り、宇治に匿うように住まわせる。

しかし、それを知った匂宮が薫を語って寝所に忍び入り、強引に自分も契りを結ぶと、匂宮が情にあふれることを知った浮舟はいつしか彼にも心が移ってしまう。浮舟を静かに想う薫と、雪を押して会いに来て、永遠の愛を語る匂宮。二人の間で心を揺り動かされ、激しい愛の狭間で板挟みとなった浮舟は、やがて密通が明らかになると、宇治川に身投げしてすべてを清算すべく失踪する。

第三章

源氏の父、兄、ライバルたち

桐壺帝《きりつぼてい》

優しさゆえに周囲を傷つける哀しき聖帝。

光源氏の実父。女御、更衣が数多いその後宮《こうきゅう》の状況などから、聖帝と評された醍醐《だいご》天皇がモデルともいわれる。身分が高くなく、特別な援助を持たない桐壺の更衣を寵愛した桐壺帝は後ろ盾の力に相関して処遇される平安王朝の後宮においては、その存在自体が掟破りだったといえる。皇位に関しても、溺愛した藤壺の宮の子（後の冷泉帝。実は藤壺の宮と源氏の間の不義の子）への継承を朱雀帝に遺訓するなど、臣籍に下した源氏の扱いを含めて、その一途さを遺憾なく発揮。

源氏には崩御後も、蟄居した須磨でその夢枕に立ち、「住吉明神の導きに従え」といったお告げを与えている。

頭中将《とうのちゅうじょう》

後の内大臣、太政大臣。左大臣家の第一御子で、源氏の正妻・葵の上の同母兄。玉鬘の実父。舞や管弦に優れ、技芸のみならず、恋に、出世争いにと、何事にも源氏にライバル意識を燃やす好敵手でありながら、蟄居する須磨に源氏を見舞うなど良き友人。

右大臣の四の君を正室とする。

冷泉帝の退位を機に、自身も政事を退き隠居を決断して、その後は「致仕《ちじ》の大臣《おとど》」と呼ばれる。

朱雀帝《すざくてい》

弘徽殿女御を母とする桐壺帝第一皇子。源氏の異母兄。女三の宮の父。

母が早逝して後見がない次女・女三の宮を、四十歳を前にした源氏に降嫁させて出家する。西山の寺に出家することから、仁和寺にて出家した宇多《うだ》天皇がモデルともいわれる。

自身が慕うにもかかわらず、源氏との危険な情事にのめり込んでいく右大臣の六女、尚侍《ないしのかみ》の朧月夜を寵愛する。

明石入道《あかしにゅうどう》

「一族から中宮と帝が立つ」。そんな予知夢を見て、近衛中将の職を辞任、受領として赴任した播磨国・明石で財を形成して、都を彷彿とさせる豪勢な生活を送っていたが、かねてから噂を聞き及んでいた源氏が須磨で蟄居しているのを知ると、自ら駆けつけて明石へと迎える。そうして差し出した愛娘の明石の君と源氏の間に生まれた孫娘（明石の姫君）がやがて冷泉帝の東宮（後の今上帝）の後宮に入内して、第一皇子を生むことで明石入道が見た霊夢は現実化するに至るが、それを知った入道はその旨を記した長文の手紙を源氏に残し、現世の絆を断ち切るべく入山してしまう。

父が桐壺の更衣の父・按察大納言《あぜちだいなごん》の兄弟にあたる。

冷泉帝《れいぜいてい》

藤壺中宮が光源氏との密通で身籠もった不義の子。桐壺帝は光源氏によく似た子を我が皇子として疑わず、その遺訓どおり、朱雀帝から譲位されたが、母后の藤壺中宮の四十九日に夜居《よい》の僧都《そうず》より、自らの出生の秘密を聞かされることとなる。

驚いた冷泉帝は、臣下として接して孝行を欠いてきた源氏に譲位を持ちかけるが、源氏の説得により断念。

その後は、源氏の養女として入内した梅壺女御を中宮とし、源氏四十歳の御賀に准太上天皇位を贈るなどして、陰ながら孝行を尽くす。

柏木《かしわぎ》

内大臣（かつての頭中将）の長男。

源氏が娶った女三の宮に長年にわたって想いを寄せており、ついには源氏が留守中の六条院を訪ねて女三の宮を身籠もらせてしまう。それが自らが書いた恋文で源氏の知るところとなると、罪の意識に苛まれて病を患い、妻の落葉の宮のことを親友の源氏の息子・夕霧に託すと、あっけなくこの世を去ってしまう。

八の宮

桐壺帝の第八皇子。源氏の異母弟。朱雀帝の御代、東宮時代の冷泉帝を廃太子とする弘徽殿の女御の謀略に利用され、以来、在野にあって仏道精進する俗聖《ぞくひじり》として宇治に隠棲。同じく世を儚む薫と親しくなり、愛娘の大君《おおいぎみ》と中《なか》の君《きみ》の後見を託す。

薫《かおる》

柏木と女三の宮の間に生まれた、源氏のもう一人の不義の子。源氏の子として育てられるが、本当の父は他にいるのではないかと気に病み、出家に憧れを抱き、世を儚んで生きていた。宇治の山里で俗聖として仏道精進を続ける八の宮を知ると、私淑《ししゅく》するようになって、大君と中の君という二人の愛娘の後見を託される。そうしたなかで、姉の大君に惹かれ、愛情を注ぐようになった薫は、その思いを伝えるものの取り合ってもらえず、匂宮を中の君と契らせる。しかし、その策謀は、結果的に大君の信頼をなくすとともに、心労から大君を病へと追いやり、その命を失うことになる。

生まれつき体から不思議な香気を発したことから「薫る中将」と呼ばれた。

匂宮《におうみや》

今上帝と明石の中宮との間に生まれた第三皇子。

宇治の八の宮の愛娘・中の君を妻にするものの、薫がその姉、故大君と生き写しのもう一人の八の宮の忘れ形見、浮舟と契りを結んだことを知ると、宇治に赴いて浮舟をかき口説いて自らも契りを結んでしまう。

生来、芳しい香気を発した薫に対し、いつも素晴らしい焚き物をしていて「匂兵部卿《におうひょうぶきょう》」と呼ばれた。（内）

第四章

『源氏物語』ゆかりの地を訪ねる

淑景舎から清涼殿まで、桐壺の更衣の足跡を歩く

そのストーリーの巧みさ、心理描写の的確さ、そして虚実の皮膜のあじわいなどから、成立から千年のときを経て、いまだ現代人の心を打つほどのリアリティを持つ『源氏物語』。リアリティの大きさということでは、九世紀初頭の京都を舞台にして、平安時代の宮廷社会で繰り広げられたであろう恋愛模様や権力をめぐる権謀術数を赤裸々に描いていることもその理由の一つでしょう。

そこで描かれた有名な寺社やその祭、年中行事などは、今も多くが信仰の対象として続いて

いますし、京都が当時と同じ坊条制を維持した都市として機能しているのも、作品が人々の親近感を集めるゆえんかもしれません。

その結果、光源氏が愛する女性たちとともに過ごした場所、源氏ファンなら一度は訪ねてみたい『源氏物語』の「聖地」とでもいうべきスポットが、京都一帯のそこかしこに残されることになりました。

そうした中で今回、「『源氏物語』のゆかりの地をめぐりの旅」で最初に訪れたのが、京都御所から真西へ一キロほど行った京都市上京区田中町一帯。細い道が交差する土地に木造住宅がひしめき合った住宅地であるここそが、延暦十三（七九四）年に桓武《かんむ》天皇が遷都して、『源氏物語』が描かれた当時の平安京の中心部、大内裏《だいだいり》跡と呼ばれる一画だからです。災害で里内裏（もとは土御門《つちみかど》東《ひがしのとう》洞院殿《いんどの》）へと一キロほどズレたとはいえ、天皇の住居である内裏をはじめ、天皇に仕える貴族たちの邸が立ち並んでいたこの街こそが、『源氏物語』誕生の地というべきところなのです。

京都市が二〇〇八年、『源氏物語』千年紀を記念して市内四十カ所に設置した「源氏物語ゆかりの地」説明板を頼りに、さっそく、内裏跡地を探索してみましょう。

最初に訪れたのは、「平安宮内裏淑景舎《しげいしゃ》跡（桐壺）」の説明板。上京区出水通《いでみつどおり》浄福寺東入田村備前町のローソク店の軒先にありました。

平安京の内裏の後方に位置したことから後宮《こうきゅう》と呼ばれた后妃やその子らの住まいには、七殿《しちでん》五舎《ごしゃ》があったといいます。淑景舎もその一つで、庭に桐が植わっていたことから桐壺と呼ばれました。

『源氏物語』で、この淑景舎に住んでいたのが、帝の寵愛を一身に集め、他の女御らを嫉妬の炎で燃やした美女、桐壺の更衣でした。その息子の光源氏もここに住み、「帚木《ははきぎ》」の帖で「雨夜の品定め」などが行われたのもここだとされています。

『源氏物語』では、「帝の寝所（清涼殿《せいりょうでん》）からもっとも遠い東北の隅」にあったと説明されていて、桐壺の更衣が妃の中でももっとも身分の低い女性だったことが語られます。今回やってきたのは、そんな淑景舎から清涼殿までその距離を検証して、『源氏物語』の衝撃的なオープニングを実際に体感してみたいと思ったからです。

平安京の後宮の殿舎は渡殿《わたどの》（渡り廊下）でつながっていて、寵愛を受ける女御は帝に呼ばれるたびに、周囲のいくつもの女御たちの部屋横を伝って清涼殿を訪ねていかなければなりませんでした。

しかし、桐壺の更衣が呼び出されると、嫉妬にかられた女御たちは更衣が通るところにとんでもない汚物をまき散らして邪魔をした、と『源氏物語』はその嫌がらせを伝えています。当

図1　桐壺の更衣が住んだ「淑景舎」の跡地

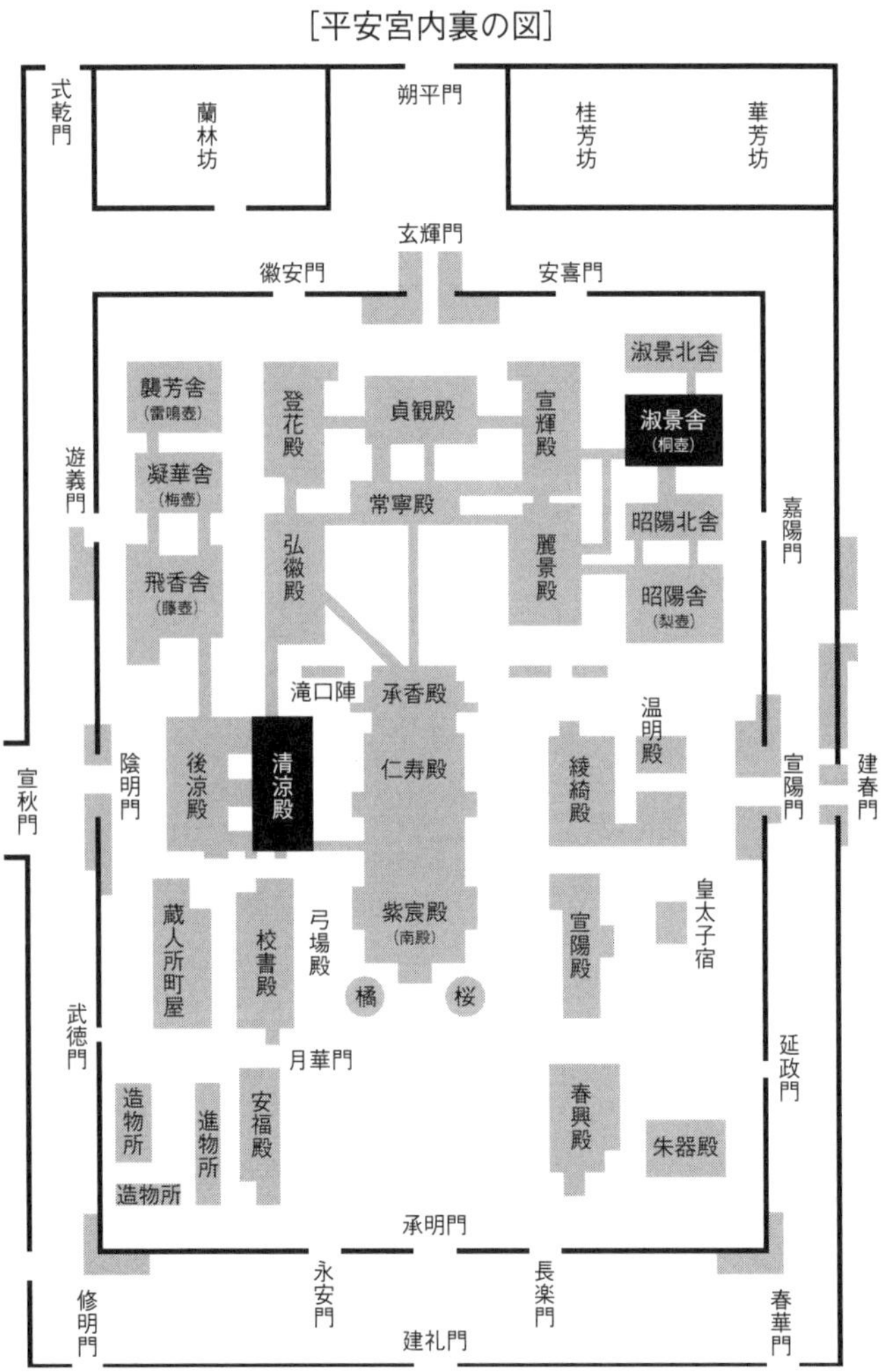

時大内裏内には、現代のトイレのような建物はなく、そこに住む貴族や女性たちは、おまるのような容器に用を足していました。それをまき散らしたというのですから、いわゆる十二単《じゅうにひとえ》、何枚もの着物を重ね着して、裾をひきずって歩くスタイルの着物が悪臭にまみれることもあったはずです。

そうかと思えば、しずしずと進む途中で廊下の前後の戸に鍵をかけて、進むことも退くこともできないようにした日もありました。

結局、このようなイジメを苦にして、桐壺の更衣は心労のために死んでしまうのです。

果たして「淑景舎」から「清涼殿」まで、桐壺の更衣は汚物まみれの渡殿をどれくらいの距離歩いたのか、それを再検証しにきたわけです。図1は平安宮内裏内の内部を示した

図2　後宮の主な建物の跡地

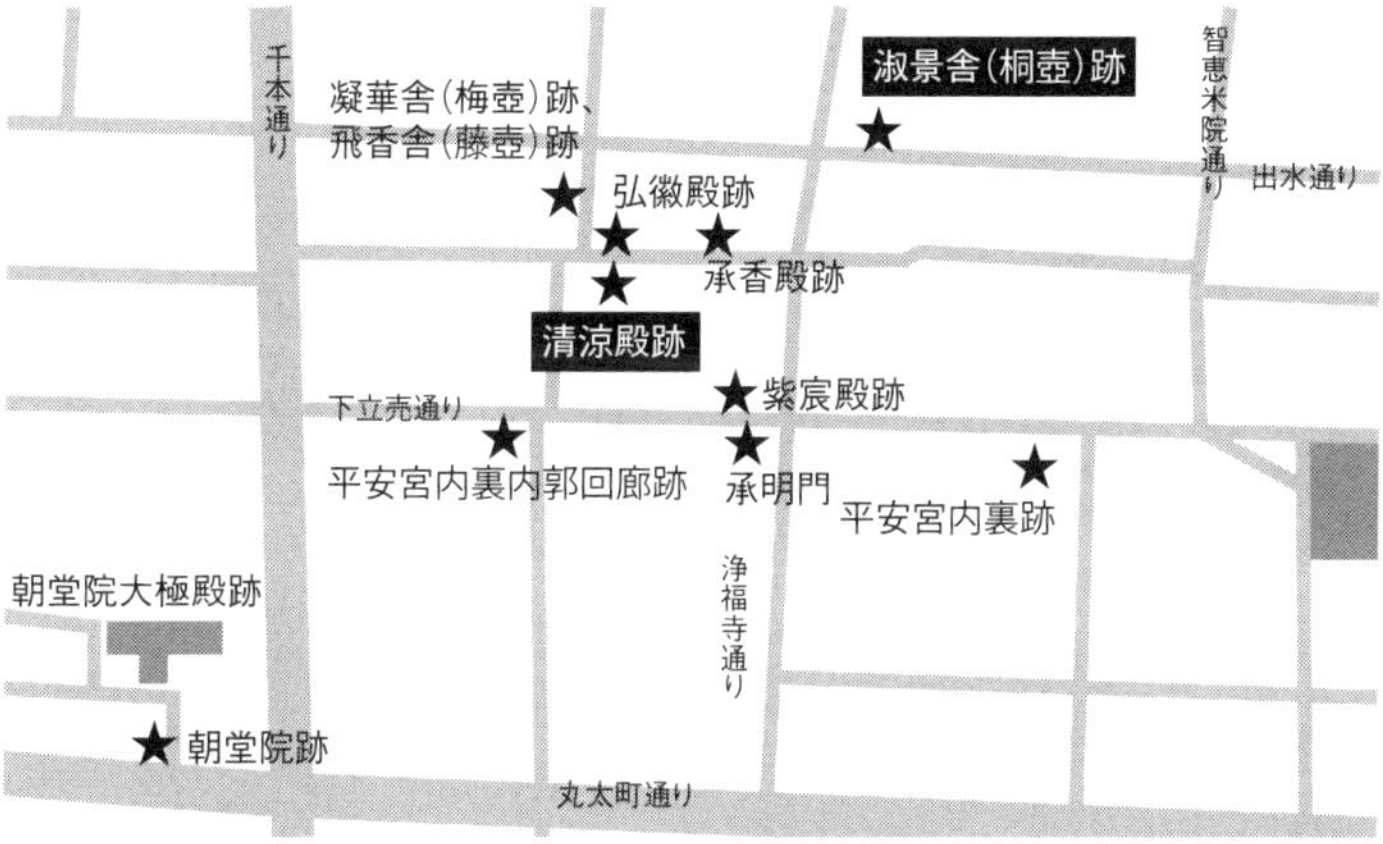

天皇の住む清涼殿から内裏内の
もっとも遠い位置にあったという「淑景舎跡」(二〇一七年四月現在)

山中油店町家ゲストハウスの東端にある
「承香殿跡」の説明板(二〇一七年四月現在)

山中油店町家ゲストハウス(左)西端には「弘徽殿跡」、
向かいの民家(左)には「清涼殿跡」の説明板があった(二〇一七年四月現在)

図、図2はそれを今日の京都地図にポイントした図です。

「平安宮内裏淑景舎跡（桐壺）」の説明板が立っている出水通りを歩いて、浄福寺通りを左へ、さらにワンブロック先を右に曲がると、やがて黒板の壁と格子戸が印象的な「山中油店　町家ゲストハウス」に行き当たります。一棟貸しで二名〜八名が宿泊できる平屋建ての施設です。

東西にのびたその西側には、「承香殿跡《しょうきょうでん》」の説明板（歴史上、承香殿の女御と呼ばれた女性は数人いますが、そのうちの一人、歌人としても知られた村上天皇の女御の徽子女王《きしじょうおう》には、『源氏物語』の六条御息所のモデルになったという説があります）。

そして、その建物の東側に立っているのが「弘徽殿跡《こきでん》」の説明板。弘徽殿は、天皇のいる清涼殿にもっとも近く、身分の高い皇后や女御が住んだ御殿です。『源氏物語』では、ことあるごとに源氏に敵対する桐壺帝の正室・弘徽殿の女御（太后《おほきさき》）の住まいでした。寝殿造りの建物は、その左右背後に対屋《たいのや》という離れをめぐらしましたが、この弘徽殿の西側にあって「細殿《ほそどの》」と呼ばれた西廂《にしびさし》は、源氏が弘徽殿の女御の妹の朧月夜と互いの名も明かさずに一夜をともにする場所でもありました（「花宴《はなのえん》」）。

そして、「弘徽殿跡」の真向かいの民家には今回の検証のゴール地点、「清涼殿跡《せいりょうでん》」の説明板が立ちます。

わずか二〇〇メートルに満たない、実にあっけない距離。住宅地になった現在の平安京の内

酒屋さんの入口に掲げられた「紫宸殿跡」の説明板（二〇一七年四月現在）

発掘調査で内裏の内郭回廊が
発見された場所は、空き地として残され、
祠と石碑が立っている
（二〇一七年四月現在）

山中油店の前にある
「平安宮内裏跡」の説明板
（二〇一七年四月現在）

「弘徽殿跡」のすぐ北側には
「凝華舎（梅壺）跡、飛香舎（藤壺）跡」
の説明板があった
（二〇一七年四月現在）

裏跡は、何も知らない旅行者ならそのまま通り過ぎてしまう街並みですが、十二単に身を包み、帝に呼び出された桐壺の更衣には、永遠に続く難儀な道のりだったのでしょう。日に日に萎れていく桐壺の更衣の様子を見かねた帝は、その住まいを淑景舎から清涼殿の西隣にある後涼殿《こうりょうでん》へと移しますが、後涼殿を追い出された女御は恨み骨髄となり、ますますイジメに精を出して桐壺の更衣の死期を早めました。男心と女心の千年の昔からのすれ違い。こうした女の嫉妬を描いた紫式部の心理描写には、誠に目を見張るものがあると思いを深くしながら、うろうろと歩みを進めていくと、まもなく上京区下立売通浄福寺西入田中町の「紫宸殿跡《ししんでん》」という説明板に行き当たりました。古びた格子戸が印象的な酒販店の軒先に、掲げられています。

紫宸殿は、内裏の中でもっとも格式の高い正殿で、皇后や皇太子を定める儀式や、天皇の元服が行われる場所でした。元服は、男子が成人したしるしとして、初めて冠をつける儀式です。内裏の南側に位置することから、「南殿」とも呼ばれ、正面には庭に向けて十八段の階段が設けられ、その左右には「左近《さこん》の桜」と「右近《うこん》の橘《たちばな》」が植えられていました。

さまざまな儀式の際、桜の近くに左近衛が、橘の近くに右近衛が陣をしいたので、そう呼ばれるようになったといいます。

『源氏物語』でも、源氏の異母兄・朱雀帝が紫宸殿で元服を行います。また、「花宴」の帖に、桐壺帝の晩年に左近の桜の前で盛大な宴が催されたことが描かれていて、「須磨」の帖で蟄居・隠棲する源氏がしみじみとそのことを思い出します。

一方、臣籍降下した源氏は、桐壺帝の住まいの清涼殿で元服しました。桐壺帝は、「光る君」と呼ばれるほどに活き活きと美しい愛児の童姿をそのままにしておきたい未練を感じながらも、朱雀帝のときに劣らぬ盛儀として源氏の元服を行いました（「桐壺」）。

清涼殿はまた、「紅葉賀《もみじのが》」の帖の冒頭で、十九歳の光源氏が青海波《せいがいは》を舞う舞台にもなります。桐壺帝の朱雀院への行幸に、後の冷泉帝の懐妊で同行できない藤壺の宮のために、試楽として披露されたもので、これを見た宮中の人々は舞の素晴らしさに心を打たれ、源氏の成長を賞賛するのでした。「藤裏葉《ふじうらば》」や「若菜上《わかなじょう》」などの帖で登場人物たちが、たびたび回想することになる光源氏迫真の舞。

一八九五（明治二十八）年、平安遷都千百年を記念して創建された平安神宮の社殿は、平安京の正庁である朝堂院を八分の五の規模で巧緻に再現したものといわれますが、その平安神宮の極彩色の大極殿、応天門、蒼龍楼、白虎楼などを思い起こして、平安王朝の雅、『源氏物語』の世界を、千年のときを超えるタイムスリップで多角的に堪能できれば「ゆかりの地＝聖地」めぐりは大成功じゃないでしょうか。

正室・葵の上と愛人・六条御息所の「車争い」の舞台

こうして平安京の寝殿造りの内裏、今はなきその渡殿歩きを十二分に体感した後、次に向かった「『源氏物語』ゆかりの地」は、源氏の正室・葵の上と愛人・六条御息所の従者の間で「車争い」が繰り広げられて、物語が最初の盛り上がりを見せる「平安京一条大路跡」（上京区一条通大宮東入下石橋南半町）です。堀川にかかる一条戻橋は今も平安時代と同じ場所にあるといわれます。

六条御息所が源氏と出会った経緯は、現在に残された『源氏物語』五十四帖ではくわしく語られず、「夕顔」の帖に短い回想シーンが記されるのみ。その紹介によると六条御息所は、身分も気位も高く、源氏の求愛になかなか応じようとしなかったものの、無理矢理に口説かれたと語られます。

御息所は、もとは東宮《とうぐう》（皇太子）の妃で、娘を出産して末は中宮になることを期待されていましたが、東宮は皇位につく前に薨去してしまいました。

一方、源氏の正妻の葵の上は左大臣家の出身で、身分の上でも世間の評判の上でも六条御息所とは互角の立場。ところが、葵の上が源氏との間に最初の子（後の夕霧）を身籠もったことで六条御息所の敗色は明らかになりました。葵の上は源氏より四歳年上の姉さん女房でしたが、御息所は七歳年上の二十九歳で、当時、子を持つにしてはぎりぎりの年齢。おまけに源氏は、二条院に引き取った幼い紫の上の養育に夢中で、ちっとも御息所のところに通ってきません。

もう源氏の心は自分から完全に離れてしまったと悟った六条御息所は、朱雀帝の即位によって娘が伊勢神宮に仕える斎宮に選ばれたのをきっかけにして、ともに伊勢に下向して身を引くことを決意するのです。

葵の上との車争いは、ちょうどそんな状況下で起こりました。

この日、賀茂斎院《かもさいいん》の御禊《ごけい》で、多数の見物人がつめかける一条大路に、斎院の行列に供奉する源氏の晴れ姿を一目見ようとお忍びで出かけてきた六条御息所でしたが、葵の上の車があとから割り込んできて、従者同士が取っ組み合いの喧嘩をはじめたのです。

その結果、御息所の車は無残に破壊され、衆人の前で愛人であることが暴露され、恥をかかされただけでなく、行列につらなる源氏が葵の上に丁寧にあいさつするのを見て、六条御息所は自らの敗北を思い知るのです。

この打ちのめされて行き場のない御息所の恨みは、やがて生き霊となって都をさまよい、源氏の子を出産した葵の上を襲うことになります。

賀茂の祭は現在、葵祭として、祇園祭、時代祭と並ぶ京都三大祭の一つとして受け継がれています。葵祭の名の由来は、江戸時代の元禄七（一六九四）年、この祭が再興した際、内裏宸殿の御簾をはじめ、牛車（御所車）、勅使、供奉者の衣冠にいたるまですべて、葵の葉で飾るようになったからといいます。

以来現在も陰暦四月の中の酉の日にあたる五月十五日、平安貴族そのままの姿に扮した総勢五〇〇名の行列が町にくりだし、京都は平安時代にタイムスリップします。

現在の行列コースは、京都御所を出発して下鴨神社を経て、上賀茂神社に向かうのですが、昔はこれとは異なり、紫野《むらさきの》の斎院（現在の櫟谷七野神社《いちいだにななのじんじゃ》のあるあたり）を出発し、一条大路を直進して下鴨神社に向かいました。

現在の一条通りは、普通乗用車がやっと一台通れるほどの細い一方通行の道ですが、かつて同じ場所を通っていた一条大路は、十丈（約三〇メートル）の道幅があったといいます（十二丈説もあり）。

「源氏物語ゆかりの地」の「平安京一条大路跡」の説明板によると、賀茂の祭の日には道の両側には皇族、貴族の桟敷が設けられ、物見車が立ち、地べたに座り込んだ民衆がひしめき合っていたそうで、右大臣藤原実資《ふじわらのさねすけ》の日記『小右記《しょうゆうき》』には「一条大路これ祭場なり」と記されているといいます。

堀川に架かる一条戻橋は、
平安時代から同じ場所にあるという(二〇一七年四月現在)

現在の一条通り。右手の民家に「平安京一条大路跡」説明板が設置されている。
かつての一条大路は道幅が約三〇メートルもあったという(二〇一七年四月現在)

ひっそりした森の中にある京都市右京区西院日照町の
西院野々宮神社(二〇一七年四月現在)

六条御息所の怨霊の正体を追う

結局、葵の上は源氏の子を出産したものの、六条御息所の生き霊に取り憑かれた痛手がたたって急死してしまいます。葵の上が病気になったころから「姫君には、あの方が憑いているのだ」という噂がたって、それがめぐりめぐって御息所の耳にも入ります。すると、夢の中で葵の上を引き倒したり、かきむしったりしたことに思い当たり、六条御息所はいよいよ斎宮の娘とともに伊勢に下向する決心を固めるのでした（「葵」）。

そんな御息所母娘の伊勢下向が間近に迫ったある秋の日、源氏は嵯峨の野宮《ののみや》を訪ねます。六条御息所が葵の上を死に追いやったことを知りつつ、彼女が遠く離れたところへ去っていくことに絶えられずに再会を願うのです（「賢木」）。

斎宮は下向するにあたり、まず自邸で潔斎を行い、次に内裏内に設けられた初斎院と呼ばれる場所に移り、さらに野宮で最終的な潔斎を終えて伊勢に向かいます。

「斎宮邸」は、現在の京都市内の西京高等学校の北側グラウンド発掘調査で、その跡地が発見され、また、そこから南に少し行ったところには「西院野々宮神社」の社があり、嵯峨の野宮、現在の「野宮神社」が設けられたのは平安時代のはじめ、嵯峨天皇第十皇女仁子内親王《じんしないしんのう》の斎宮卜定《ぼくじょう》が最初とされています。

さて、「遥けき野辺を分け入りたまふ」と描写される嵯峨の野宮は、かれがれに鳴く虫の声と松風の音が混じり合っていたと語られますが、現在の野宮神社はトロッコ嵐山駅のあたりからはじまる竹林の道が有名です。もちろん、『源氏物語』に書かれているとおりの黒木鳥居と小柴垣は、平安の風情を今に残しています。

愛の負の側面を背負った六条御息所

このとき源氏との対面をためらって、表に立たせていた六条御息所は、そばに仕える女房たちにうながされて御簾ごしに会うことにします。すると源氏は、嵯峨へ向かう道中で手折って持ってきた榊《さかき》の枝を御簾の中に差し入れて、「私の思いは、この榊のように色褪せることはありません。そのことを道しるべとして、私はこの禁域の神垣を越えて参りました」と言い、つれない仕打ちを責めます。

その言葉に御息所は、こんな歌を返しました。

神垣は　しるしの杉も　なきものを　いかにまがへて　折れる榊ぞ

古い歌に「我が庵は　三輪の山もと　恋しくは　とぶらひきませ　杉たてる門（私の庵は、あの三輪山の麓にある。もし恋しく思うならそばに立つ杉を目当てにお訪ねなさい）」と詠われた三輪山の神の伝説を引いて、「ここには杉もないのに、どうして榊など折ってお持ちになったのですか」と、源氏の口説き文句を拒絶するのです。

するとすると源氏も負けじと歌を返します。

少女子が　あたりと思へば　榊葉の　香をなつかしみ　とめてこそ折れ

古い神楽歌に、榊葉の香をもとめて多くの人々が集まったと詠われたのを引いて「神にお仕えする斎宮のおられる場所だと思うゆえ、榊葉の香を懐かしく思ってこうして持ってきたのです」と答えたのです。

『源氏物語』の中でも名場面の一つに数えられる、「賢木」の帖における野宮の場面です。

六条御息所はこの六年後、朱雀帝の譲位とともに任を解かれた斎宮とともに帰京し、その直後に死去する様子が「澪標」の帖で描かれます。

ところが、それで物語からすっかり退場してしまうわけではありません。「絵合」で源氏は、引き取って養女にした六条御息所の娘の前斎宮を冷泉帝の妃にするために奔走し、「少女」では

野宮神社の黒鳥居と小柴垣は、
『源氏物語』に描写されたとおりの佇まい(二〇一七年四月現在)

トロッコ嵐山駅から野宮神社までは竹林の道でつながっている
(二〇一七年四月現在)

彼女を立后させることに成功します（前斎宮は、秋好中宮と呼ばれます）。

それどころか、「若菜下」では、源氏の最愛の妻、紫の上の危篤の床に死霊となって現れて愛執のために往生できないことを訴え、追善供養を依頼するのです。

こうして考えてみると、六条御息所は『源氏物語』の中で、愛の負の側面を表現するために登場した希有なキャラクターだったことがよく分かります。

夕顔の死のモデルとなった平安ミステリー

最後は、『源氏物語』のなかでも人気のヒロイン、夕顔の故地を訪ねることにしましょう。

乳母の病気見舞いに立ち寄った源氏が、偶然夕顔の咲く臨家で出会い、互いに素性も明かさずに一人の男と女として愛しあうことになった永遠の愛人とでもいうべき女性です。

内気で頼りなげでありながらおおらかで、気が付いてみるとその柔らかいたたずまいの虜になっている——そんな夕顔を、ある日源氏が五条からほど近い「なにがしの院」という荒れ果てた廃院に連れ出して甘美な一日を過ごすと、宵を過ぎるころから美しい変化と思われる物の怪に憑かれ、唐突に命を落とすというショッキングな最期を迎えてしまうのです。

「なにがしの院」に現れる亡霊の正体は？

夕顔が命を落とすこの廃院を、紫式部が「なにがしの院」とぼかして書いたのは、当時の読者にはそれが自明の場所だったからでしょう。

例えば、嵯峨の遍照寺《へんしょうじ》。

東に太秦、西に小倉山、北に上嵯峨の山麓、南は大堰川（桂川）を境とし、平安時代に皇族や貴族らの遊覧の地として親しまれた嵯峨。その嵯峨の遍照寺は、永祚《えいそ》元（九八九）年に開基した寺で、当初は広沢池の北西にそびえる遍照寺山の麓に位置していましたが、応仁・文明の乱で廃墟となり、江戸期になって現在の地に移されたといいます。そんな遍照寺の、こぢんまりした境内に足を踏み入れて、本堂の前に立つと現在、そこにも前述の「源氏物語ゆかりの地」説明板が設置されています。一文を引用しましょう。

「紫式部が二〇歳の頃、遍照寺に具平親王と大顔《おほかお》がお忍びでお月見に出かけたが、月見を楽しんでいる最中、大顔が消え入るように急死した。このことで紫式部の父と伯父は、残された子どものために奔走することとなった。村上天皇皇子の具平親王は博学多才で有名だが、大顔は親王家に仕える雑役の女性だった。この身分違いの恋や、遍照寺の事件などは『源氏物語』〈夕顔〉の土台になったといわれ、光源氏と身分違いの恋をしていた夕顔は、大顔がモデルとされる」。

ちなみに、『古今著聞集』に収録されている記述によれば、大顔は「物にとられて失せ」たといいます。

この説明板にあるように、具平親王は平安時代の文壇の重鎮で、紫式部の父、藤原為時《ふじわらためとき》と伯父、為頼《ためより》は親王の文人グループに所属していました。また、為時は親王の生母の従兄弟だった縁から、親王の家司（支配人）を勤めたこともあったといいます。

したがって紫式部は、この平安のミステリーを父からよく聞かされていたでしょうし、宮廷社会でも誰もがよく知っている事件だったはずです。『源氏物語』は、こうした当時のゴシップも巧みに取り入れて書かれているのです。

そして、もう一つ。やはり夕顔のミステリアスな死のエピソードのモデルとなったとされるのが、源融《みなもとのとおる》（八二二〜八九五）とその邸宅、「六条河原院」です。源融が、そもそも『源氏物語』その主人公・光源氏のモデルの一人に数えられるのは、融が嵯峨天皇の十二番目の皇子として生まれたものの、母の身分が低かったために源の姓を賜って臣籍降下。藤原良房《よしふさ》、基経《もとつね》親子の執政下で左大臣にまで昇りつめたという、そのプロフィールからお分かりでしょう。

ところが元慶四（八八〇）年、基経が関白太政大臣となって融の地位を超えてからは、融はその政治的な発言力を失い、失意のうちに広大な邸宅「六条河原院」を造営し、そこに引きこもったというのです。

とはいえこの邸宅、大変趣深く造られており、鴨川の水を引き入れた池に自らが按察使を務めた陸奥国の塩釜の浦の景観を移し、難波から海水を運ばせては塩焼をさせて、その風情を楽しんだといいます。

現在、鴨川に架かる五条大橋の南西のたもと、川沿いの路地を下ったところの二本のエノキの足下に、「源融河原院跡」と刻まれた石碑があり、この付近に河原院があったと示されています。文献には四町、あるいは八町に及んだという節もあり（一町は一ヘクタール）、江戸時代にはその跡地の一部に渉成園（現在は東本願寺の飛地境内地にある庭園）が作られたといいますから、その広大さが窺われます。

そして、その河原院をめぐるミステリーということでは、実は、平安時代に成立した『今昔物語集』や『江談抄《こうだんしょう》』、『扶桑略記《ふそうりゃくき》』などの説話集には、融がその死後、邸宅への執着から亡霊になってその地をさまようエピソードが綿々と語られているのです。

例えば、源融がその死の三十年後に、宇多《うだ》法皇の傍仕えの女官のもとを訪れ、自分は今、地獄の責め苦に苦しんでいること、その合間を縫って河原院を訪ねて憩いを得ていることを伝え、鎮魂のため読経をあげてほしいと乞うたというエピソードは『扶桑略記』に記されているもの。

源融の河原院の位置を示した石碑
（二〇一七年四月現在）

また、『今昔物語集』には、融から河原院を相続した子息が、それを宇多上皇に献上したときのエピソードが語られています。宇多上皇がこの地をたびたび行幸していると、ある日、衣擦れの音とともに装束姿の融が現れ、「この家はわたしくの家でございます」と言ったというものです。宇多上皇が「お前の子孫が献上したからこそ、私はここに住んでいるのだ」と答えると、融は二度と現れなくなったといいます。

こうしたさまざま不可思議なエピソードが語られていたことを考えると、『源氏物語』を読んだ当時の人々が、夕顔が変死した「なにがしの院」に、融の河原院を重ねて、その悪霊が怪異を引き起こすと考えていたであろうことは容易に想像することができるのです。（内）

第五章

千年の恋は現代語訳で発見された

『源氏物語』――その受容と現代語訳の歴史

いにしえの平安王朝期から千年の長きにわたって読み継がれてきた『源氏物語』。印刷など複製技術の使用用途がコスト面から史書や経典の編纂などに限られるなか、読む人が手ずからに書き写すこと（写本）で広まったということから類推されるとおり、同物語は執筆中からモデルとされる一条天皇をはじめ彰子《しょうし》中宮、その父で後一条天皇の外祖父となる藤原道長ら多くの人々の関心と賞賛を集めたと伝えられています。

その人気のほどは、叔母から長櫃《ながひつ》に入れられた「源氏の五十余巻」を贈られ、「后《きさき》の位も何にかせむ（皇后に選ばれるよりも物語を読むほうがいい）という勢いで昼夜を問わず耽読《たんどく》したという菅原孝標女《たかすえのむすめ》が一〇二一（治安元）年、『更科日記《さらしな》』に記したエピソードなどからも窺われます。

もちろん、その受容のされ方は一様だったわけではなく、たとえばその後、『夜の寝覚《ねざめ》』や『浜松中納言物語』、『狭衣物語《さごろも》』など、影響下にあったであろう数々の擬古物語《ぎこ》（亜流）を生み出し、「ひき目かぎ鼻」と評されることになる独特なタッチによる絵物語化も、成立後ほどなくして始まります。現存する最高傑作とされる国宝『源氏物語絵巻』が成立したのも、一二世紀前半、白河・鳥羽の院政期といわれています。

そうしたなか、物語成立から百年ほどを経て生まれるのが藤原伊行《これゆき》の『源氏釈《げんじしゃく》』をはじめとする注釈書でした。時の経過とともに理解できなくなった物語の時代の価値観や風俗、和歌、漢詩、故実の典拠などを解説するハンドブックで、そうした注釈書は以後、南北朝時代に四辻《よつつじ》善成《よしなり》が著した『河海抄《かかいしょう》』、室町時代の『花鳥余情《かちょうよせい》』（一条兼良《いちじょうかねよし》）、江戸時代の『湖月抄《こげつしょう》』（北村《きたむら》季吟《きぎん》）など、綿々と書き継がれていきました。

江戸期元禄年間（一六八八〜一七〇四年）になって町人文化が栄え、版本が登場すると、写本による従来の広がりとはくらべものにならないほどの波及力を持つことになります。しかし、そのなかで生まれたのが、井原西鶴《いはらさいかく》『好色一代男《こうしょくいちだいおとこ》』、柳亭種彦《りゅうていたねひこ》『偐紫田舎源氏《にせむらさきいなかげんじ》』など『源氏物語』を下敷きにしたパロディ文学だったもの興味深いところです。

宮廷内の読み聞かせ物語を「小説」にした「与謝野源氏」

時代が近代を迎えて手がけられたのは、『源氏物語』の現代語訳です。明治から大正に変わる境目の一九一二から翌年にかけて発表され、現代語訳の嚆矢となった与謝野晶子の『新訳源氏物語』は、原文にはない主語を補ったり、作中人物の会話を簡潔な口語体にしたりする意訳と、敬語を中心とした大幅な省略を特徴としましたが、抄訳（ダイジェスト）だったこともあって、後にこれを「粗雑な解と訳文」と評した与謝野は、一九三八（大正十三）年からさらに二年を費やして改稿決定版『新新訳源氏物語』を仕上げています。

与謝野はそうした現代語訳の執筆動機を、随筆『読書、虫干、蔵書』のなかで、このように語っています。

「紫式部は私の十一、十二歳の時からの恩師である。私は二十歳までのあいだに『源氏物語』を幾回通読したか知れぬ。それほどまでに紫式部の文学は私を惹きつけた。（中略）私が早く日本文学の何物たるかを解しえたのはこれで、『源氏』を読んだあとで他の古文を読むのは、少しも困惑を感じなかった。私が今日も『源氏』を隅々に亙って誦んじているほか、各時代の代表的な文学書と史書とを細目にまで亙って記憶し、学生たちにも話すことができるのは、初めに紫式部を精読したおかげであった」

こうした強い思い入れから執筆された「与謝野源氏」は、現在どちらの訳本も多くの出版社から版を重ねると同時に、著作権の保護期間が満了したパブリック・ドメインとして青空文庫などでも広く公開されています。ことに最初の『新訳』が、改訂版の『新新訳』より読みやすいとの評判から、角川文庫ソフィアにて『与謝野晶子の源氏物語』全三巻として発売されているのは、「与謝野源氏」ファンがいまだ根強くいるという事実を物語っているかもしれません。

いずれにしても、「与謝野源氏」は以後、数多く生まれた現代語訳のひな形をつくったといっていい出来ばえで、古典文学としての『源氏物語』を「小説」として現代人に提供するうえで大きく寄与しました。

そのインパクトは、やがて自身も現代語訳に取り組み、『源氏物語』に関する数多くの関連書籍をものにしている女流作家・瀬戸内寂聴に、最初の出会いを懐古させています。

「実は私も、はじめは現代語訳を通じて源氏物語の熱烈な読者になった一人でした。私が最初に源氏物語と出会ったのは、もう六十八年も昔のことです。そのときの私は徳島県立徳島高等女学校に入学したばかりで、十三歳でした。(中略)本の好きな私はさっそくそこ(図書館)へ入り、棚の本を順に見ていったのですが、そのうちに、一冊の本が私の目に留まりました。『新訳源氏物語』与謝野晶子訳。(中略)今でこそ源氏物語の現代語訳は、私のものも含めて何種類となく出版されていますが、近代日本で最初にそれを行なったのが、この『与謝野源氏』でした」(『痛快!寂聴源氏塾』)。

その一方で、与謝野の現代語訳は同物語をより広くいきわたらせたことで、大正から昭和にはびこっていく軍閥政治期の「『源氏物語』は皇室の尊厳を傷つける不敬の書」という評価を受ける契機にもなりました。後述する「谷崎源氏」などで見られた自主規制の出発点となったのです。

黒船「ウェイリー源氏」が発見させた『源氏物語』の芸術性

そんな毀誉褒貶の激しかった『源氏物語』の評価でしたが、その思わぬ援護射撃となったのが、イギリスの東洋学者のアーサー・ウェイリーによる『The Tale of Genji』の刊行でした。一九二五〜三三(大正十四〜昭和八)年にかけて全六巻でイギリスおよびアメリカで刊行されたこの「英訳源氏」は、発売と同時に「日本の黄金時代の、古典東洋最高の長編小説」(タイムズ）などと絶賛され、ベストセラーとなったのです。

同書は『源氏物語』研究の第一人者の池田亀鑑《きかん》が「日本人は、すぐれた外国人に教えられて、自国の古典の価値をはじめて知るという情けない有様であった」（『源氏物語と晶子源氏』）、と嘆いたように当時の日本の文壇にも多大な影響を与えました。

例えば、小説家で、評論家としても活躍した正宗白鳥は、『改造』に次のような文芸時評を書いています。

「我ながら、不思議に堪へないのは、ウェーレー氏のThe Tale of Genjiが面白くって、紫式部の『源氏物語』が相変わらず左程面白く思われないことである。

原文は簡潔とは言へ、頭をチョン斬って胴体ばかりがぶらぶらしてゐるやうな文章で読むに歯痒いのであるが、訳文はサクリサクリと歯切れがいい。糸のもつれのほぐれる快さがある。翻訳も侮り難いもので、死せるが如き原作を活返らせることもあるものだと私は感じた」

このウェイリー訳の『The Tale of Genji』の逆輸入版ともいえる日本語訳『ウェイリー版源氏物語』の訳者、佐復秀樹《さまたひでき》は、そのあとがきで丸谷才一の『源氏物語』は「昭和が発見したもの」（『一千年の源氏物語』思文閣出版）という評を引用しつつ、「国学者や国文学者をのぞいて一般の人々に『源氏物語』が読まれるようになったのは、ほんのここ数十年のことに過ぎないのである。そしてその契機として決定的な役割を果たしたのがウェイリーによる翻訳だった」と述べています。そのうえで、「衝撃の結果の最大のものは（影響を受けた）中央公論社の社長嶋中雄作が谷崎潤一郎に『源氏物語』の現代語訳を作らせたこと」で、まさしく『The Tale of Genji』こそが今日の『源氏物語』の姿を最終的に作り上げた、とまで言っています。

ちなみにこのウェイリー訳の『The Tale of Genji』は、その佐復秀樹訳の『ウェイリー版源氏物語』（平凡社ライブラリー・全四巻）と、毬矢《まりや》まりえ・森山恵訳の『源氏物語 A・ウェイリー版』（左右社・全四巻）の二種類が刊行されています。

とくに後者は、光源氏を「シャイニング・プリンス、ゲンジ」とカタカナ読みで直訳するユニークな文体で、数ある現代語訳のなかでも特異な立ち位置にあるといえるでしょう。

軍閥政治期の自主規制が戦後ブームへとつながった「谷崎源氏」

佐復が指摘したように、『源氏物語』の現代語訳で、与謝野晶子と並んで「二大クラシック現代語訳」（橋本治）の訳者として知られているのが耽美派の文豪・谷崎潤一郎です。

谷崎は『源氏物語』の現代語訳をその生涯で三度にわたり、以下のようにいずれも中央公論社から、刊行しています。
・一九三九（昭和十四）年に刊行の『潤一郎訳源氏物語』（一九四一年に完結）。
・一九五一（昭和二十六）年に刊行の『潤一郎新訳源氏物語』（一九五四年に完結）。
・一九六四（昭和三十九）年に刊行の『潤一郎新々訳源氏物語』（一九六五年に完結）。
その執筆動機としては、ダブル不倫の果てに再再婚した松子夫人にねだられたからという裏話も伝わりますが（担当編集者で晩年の助手をつとめたという伊吹和子が夫人から聞いたという話）、公式には前述のように中央公論社社長の嶋中雄作の「提案と熱心なる慫慂《しょうよう》」があったからと序文に記されています。

その「谷崎源氏」の特徴は、校閲者として東北帝国大学博士の国文学者・山田孝雄が参加していることで、その校閲を引き受けるにあたり、谷崎は次のような条件を提示されたといいます（『あの頃のこと（山田孝雄追悼）』）。

「源氏の構想の中には、それをそのまゝ、現代に移植するのは穏当でない三ヶ条の事柄がある。その一つは、臣下たる者が皇后と密通してゐること、他の一つは、皇后と臣下との密通に依って生れた子が天皇の位に即いてゐること、そしてもう一つは、臣下たる者が太政天皇に準ずる地位に登つてゐること、これである。しかしこの三ヶ条は、筋の根幹を成すものではなく、その悉くを抹殺し去っても、全体の物語の発展には殆ど影響がないと云ってもよいのであるから、源氏を訳するに当たってはこの三ヶ条に関する事柄は必ず削除すべきである。私が貴下を御助力するについては、予めこのことを含んでおいて戴きたい。」

先に述べた「源氏＝不敬の書」とするバッシングの波は、一九三五（昭和十）年の美濃部達吉の「天皇機関説問題」や翌年に起こった青年将校のクーデター「二・二六事件」といった緊迫した社会情勢のなか、ピークに達していたのです。

谷崎が山田孝雄博士の校閲のもと、文体を「である」調から「でございます」調に改め、削除した部分を加筆して、新たな現代語訳を発表するのは敗戦後、ようやく言論統制の引き締めがゆるくなった一九五一（昭和二十六）年に刊行が開始される『潤一郎新訳源氏物語』を待たねばなりません。

この自主規制した谷崎の最初の現代語訳の感想を記しているのが、後に自身も源氏の現代語訳を手がけることになる小説家の田辺聖子です。

当時、十三歳の文学少女だった田辺は、『潤一郎訳源氏物語』が出版されるという広告を見て、母親にせがんで美しい装丁の初版本を取り寄せたのだといいます。しかし、それは当初の期待どおり、彼女を夢中にさせるようなものではなかったようです。自身の現代語訳の解説『生者必滅　会者定離　かなしい恋の花ふぶき』で田辺は次のように書いています。

「本の体裁も高雅だが、文章も高踏的で深遠すぎた。少女が読むには適切ではなかった。（中略）――ともかく、町の一文学少女には、とりつきにくい、難解な書物で、装丁の美しいのもかえって物さびしかった。……」

谷崎自身、自序による説明で、「これは源氏物語の飜訳であって、講義ではない」と断りながらも、「原文にある字句で訳文の方にそれに該当する部分がない、と云ふやうなことはないやうに（中略）なるたけそれを避けるやうにした。であるから、（中略）此の書だけを参考にしてゞも、随分原文の意味を解くことができるやうには、訳せてゐると思ふのである」と、歯切れの悪い説明を長々としており、そのあたりが田辺の言う「難解な書物」という感想につながったのかもしれません。

もっとも、この最初の「谷崎源氏」における自主規制は、二度目の現代語訳となる『潤一郎新訳源氏物語』で思わぬ形の評価へとつながっていきます。

「谷崎源氏」の特徴を、谷崎と中央公論社が二人三脚で作りあげた出版戦略にある、と指摘して、「それは、谷崎と『源氏物語』の両者に対するイメージ戦略、ブランド化でもある。谷崎に焦点を合わせるならば、谷崎は『源氏物語』を身に纏うことで独自の自己像を成型した」と言ったのは、日本古典文学者の安藤徹でしたが（「〝谷崎源氏〟の物語と国民作家への道」、『谷崎潤一郎讀本』所収）、『潤一郎新訳源氏物語』の刊行がはじまった一九五一（昭和二十六）年から翌年にかけては、戦後最初の『源氏物語』ブームが起こります。『毎日新聞』同年十一月三日の「ヘリコプター」欄の見出しには「〝源氏〟はやり」、記事には「『源氏物語』づくめ」、「源氏攻勢」、「源氏熱」といった言辞が並び、国文学者の平林治徳《ひらばやしはるのり》が流行の理由の一つを「戦時中不当に痛めつけられた反動」に見て、「この〈旧訳〉受難という物語が、戦後の〝谷崎源氏〟の価値を高め、谷崎のイメージにも影響を与えることになった」と解説しています。

戦時中に皇室への配慮から削除された部分があり、それを加筆したものを読みたいという心理が働いて「谷崎源氏」はブームを巻き起こし、その受難の物語が谷崎を国民作家にしたというのです。

ちなみに、現在、「谷崎源氏」として出版されているものの多くは、新字、新仮名遣いに改めるために一九六四（昭和三十九）年から谷崎没後の翌年にかけて刊行された三度目の改訂作『潤一郎新々訳源氏物語』で、こちらは、問題の洗い出しなどの準備作業を、当時東京大学で『源氏物語』を講じていた国文学者の秋山虔《けん》およびその指導下にあった助手や大学院生たち若手学者グループが行って、この新々訳には、当時すでに死去していた山田孝雄は関わっていません。

戦後昭和の決定版、「円地源氏」の誕生秘話

こうして「与謝野源氏」と「谷崎源氏」が、戦後復興期の数十年を経て、『源氏物語』現代語訳の二大巨頭として認識されるようになるなか、高度成長期末期の一九七二（昭和四十七）年、新たな現代語訳を世に提示したのが女流作家、円地文子でした。

この円地の訳業について、多くの言葉を遺しているのも、瀬戸内寂聴です。『痛快！寂聴源氏塾』によると、円地が訳業にとりかかった一九六七（昭和四十二）年、寂聴は女流作家として大先輩にあたる円地から「これから私は大事な仕事をしようと思っています」と告白され、寂聴が仕事場にしていた目白台アパートに転居して訳業に専念することを宣言されたといいます。そして引っ越してきた円地の仕事ぶりは、まさに「精魂を傾ける」という表現にふさわしいもので、『源氏物語』を翻訳することがいかに大変なことであるかを実感させられたといいます。

「六年におよぶ過酷な執筆は、円地さんの健康を蝕《むしば》んでいきました。円地さんはまず右目を、そして訳を終えられた翌年には左目を網膜剥離で手術なさっています。おそらく翻訳の最終段階では、ほとんど目も見えない状態になっていたのではないでしょうか。

それだけではありません。円地さんは執筆中、何度も体を壊しては入退院を繰り返していました。（中略）

しかし、それだけの代償を払うことになっても、円地さんは源氏の訳業をストップしようなどとは一度も考えたりしませんでした。

まるで魔に取り憑かれたかのように執筆を続ける円地さんの姿を通じて、源氏物語の持つ恐ろしいほどの魅力を感じてしまったものでした。」

寂聴は、「円地源氏」が先行する「与謝野源氏」とも、「谷崎源氏」とも違ったスタンスで書かれていることについて、円地の「人の愛し方には、相手をそっと床の間に置くように大切にする愛し方と、一方的な略奪結婚があるけれども、私の訳はその略奪結婚のほうね」という言葉を引きながら、次のように分析しています。

「『あくまでも原文に忠実に』をモットーにした「谷崎源氏」とは対極的に、円地さんはたとえ紫式部の原文には書かれていなくても、「私ならば、こう書く」と思ったところは自由に加筆されています。（中略）小説家の本能と言うべきでしょうか。

紫式部があえて書かなかったベッドシーンも事細かに描写を加えているのですが、それが原文の中に実に上手に織り込まれており、知らない人が読めば、最初から紫式部が書いているのかとも思えるほど面白いのです。

これもまた源氏物語への取り組みかたの一つだと私は思います。」

昭和から平成にかけて登場した奔放な女流作家たちのそれぞれの千年の恋

そのように書かれた「円地源氏」は先行作品と並んで、戦後昭和の決定版とも言うべき評価を受けるようになりますが、一九七〇年代後半には、同じ女流作家による大胆な翻案作品も登場するようになります。

例えば、芥川賞を受賞して十年後の田辺聖子が一九七四（昭和四十九）年に『週刊朝日』の依頼で連載を開始した『新源氏物語』はその代表例でしょう。

前掲の自著解説『生者必滅　会者定離　かなしい恋の花ふぶき』で田辺は、先行作品を次のように分析しています。

「円地文子氏の、古語における蓄積の深さには感じ入った。つまり、現代語に翻案なさるとき、これ以上ないという適切な語に置き換えられている。そこへくると與謝野氏は、わかりやすいが、また、ラフすぎた。〈紫の上〉とあるところを、〈紫夫人〉と置き換えられる。俗耳に入りやすいが、何となく大正文化住宅風な匂いがある。歌人と作家のちがいか、円地氏は、言葉の匂いに周到だった。谷崎氏の文章は原文の味を出そうとしてか、センテンスが長く、現代風から逸れていた。」

そして、そのうえで田辺が採用したのは、『源氏物語』のエッセンスを換骨奪胎しての大幅な翻案でした。

なにしろ書き出しの「眠られぬ夏の夜の空蝉の巻」からして、原作の「桐壺」、「帚木」をすっ飛ばして第三巻「空蝉」から始める大胆さ。これには、多くの読者が度肝を抜かれたことと思います。連載は一九七八（昭和五十三）年まで続き、光源氏が登場する第四十巻「幻」まで訳して一旦は完結。

その後、源氏の子孫たちの登場する「宇治十帖」を収めた『新源氏物語　霧ふかき宇治の恋』を刊行したのは、連載開始から十七年後の一九九一（平成三）年のことでした。

光源氏の一人称による『窯変源氏物語』はなぜ生まれた？

時代が平成に入って特筆すべきは、博学多識で知られる小説家・橋本治と、出家して名を瀬戸内晴美から改めた寂聴両人による、キャッチボールのような源氏語りから、いくつかの作品が生み出されたことかもしれません。

まず、先手を打ったのは寂聴のほうで、昭和から平成に移り変わる一九八九年、翻案小説ともいえる『女人源氏物語』を小学館から出版します。この作品は、各帖ごとに語り手が変わって、それがみんな女性であるというところに大きな特徴があり、光源氏というスーパーヒーローとかかわりを持ってしまった女性たちが、あるときは自分自身の話として、あるときは自身が仕える女主人の話として物語を語っていきます。

橋本は、この『女人源氏物語』の巻末に収録される対談のために京都・嵯峨野の寂庵を訪ね、そのとき一つのことに気づいたといいます。それは、これまで『源氏物語』を読んでも「なんだかもう一つピンと来なかった」のは、自分には光源氏という男がどういう男かさっぱり分からず、感情移入できていなかったから、ということでした。

そうして寂聴の『女人源氏物語』に対するアンサー作として橋本が書いたのが、光源氏の一人称で物語を語り直す『窯変《ようへん》源氏物語』でした。同作は、一九九一(平成三)年に中央公論社から刊行され、一九九三(平成五)年に全十四巻で完結しています。

与謝野晶子から瀬戸内寂聴へつながる絆

続いて寂聴は、満を持して源氏を今の世に蘇らすための正統的な現代語訳に挑むことになります。

それまで『女人源氏物語』をはじめ、解説書である『わたしの源氏物語』など、源氏をテーマにした本を何冊も手掛けていただけに、容易に完成するのではないかと目論んでいたといいますが、実際には大先輩の円地文子同様に足かけ六年を費やし、「入院こそしなかったものの、血圧が二〇〇を超え、頭の中が真っ白になってしまったことも三回」ほど経験。ようやく『瀬戸内版源氏物語』全十巻の最終巻を講談社から刊行したのは、一九九八（平成十）年のことでした。

『痛快！寂聴源氏塾』には、寂聴が次のような方針を立てて訳業に臨んだことが説明されています。

「『円地源氏』の誕生のプロセスを間近に見て、いかに源氏物語の現代語訳が労苦を伴うものであるかを身に染みて知っていても、私はぜひ源氏物語を二一世紀を担う若者たちに読んでもらおうと思いました。

そこで訳にあたっては、毛糸のようにもつれている源氏物語の長い文章のところどころにハサミを入れ、また主語もくどいほどに追加しました。源氏物語にかぎらず、古典の文章には敬語が多用されているのですが、これは読みやすく省略することにしました。しかし、それ以外は、原文にできるかぎり忠実に訳しています。」

寂聴が初めて『源氏物語』に触れたのは十三歳のとき、入学したばかりの徳島県立徳島高等女学校の図書館に置かれていた与謝野晶子の『新訳源氏物語』であったことは前述しましたが、そんな寂聴が自身の訳業にあたって採用したのが、「与謝野源氏」と同様の「補完と意訳と省略」というオーソドックスな手法だったことは興味深いところです。

寂聴はまた、作中に登場する七百九十五首に及ぶ和歌を、現代人にも美しく理解できる五行詩で訳すという工夫を施していますが、これは、あえて和歌を訳さなかった与謝野源氏に対する立派な補完作だと言うこともできるでしょう。

ちなみに瀬戸内寂聴は、『瀬戸内版源氏物語』の完結から八年後の二〇〇六（平成十八）年、『紫式部日記』の一〇〇八（寛弘五）年十一月一日の条に、「若紫」や「源氏」などの記述があることを根拠として発足した「源氏物語千年紀事業」で、東京大学名誉教授の秋山虔、哲学者の梅原猛、日本学者のドナルド・キーンら八名の「よびかけ人」の一人に名を連ね、「平成の源氏ブーム」の牽引役をつとめることにもなりました。

『源氏物語』の語り部は、二十一世紀も連環して増殖してゆく

『源氏物語』の語り部は、この「源氏物語千年紀事業」以後にも数多く現れ、すぐれた現代語

訳を世に送り出し続けています。以下、概要を駆け足で列挙していきましょう。

●大塚ひかり『大塚ひかり全訳 源氏物語』(ちくま文庫・全六巻)

『源氏の男はみんなサイテー』『カラダで感じる源氏物語』『「源氏物語」の身体測定』などの古典エッセイで知られる大塚ひかりによる現代語訳で、二〇〇八〜二〇一〇(平成二十〜二十二)年にかけて刊行。

「古典は原文を読むべき」と主張し、長年原文に親しんできた大塚自身が「欲しかった逐語全訳」として執筆。原文のリズムを極力重んじ、また「要注目」の原文はそのまま本文に取り込みつつ、「するする分かる」訳を目指したといいます。

随所に「ひかりナビ」という、現代女性の視点から書かれた手引きを差しはさみ、読み取るべき「ツボ」や予備知識を案内して古典理解をうながしているのも大きなポイント。

●林望『謹訳 源氏物語』(祥伝社・全十巻)

リンボウ先生でおなじみ、作家で古典学者、書誌学者の林望が二〇一〇〜二〇一三(平成二十二〜二十五)年にかけて刊行。

第六十七回毎日出版文化賞特別賞を受賞し、二〇一七(平成二十九)年には祥伝社文庫にて改訂新修版が刊行。この本の成立についてくわしくは、本書巻頭特別インタビューを参照。

●**角田光代『源氏物語』（河出書房新社・全三巻）**

『池澤夏樹＝個人編集　日本文学全集』の最終巻として二〇一七〜二〇二〇（平成二十九〜令和二）年にかけて刊行。

時代を代表する人気作家の角田が池澤夏樹の指名により訳者として起用され、「読みやすさ」を重視しつつ訳出。

①原文に忠実に沿いながらも現代的で歯切れがよく、心の襞に入り込む自然な訳文②地の文の敬語をほぼ廃したことで細部までわかりやすい③生き生きとした会話文④草子地《そうしじ》の文と呼ばれる第三者の声を魅力的に訳して挿入⑤和歌や漢詩などの引用は全文を補って紹介、といった五つの特徴を持つ傑作。

大学受験必携！　累計一八〇〇万部の大ベストセラー、『あさきゆめみし』

さて、最後に、『源氏物語』の大胆な翻案作品といえば、『はいからさんが通る』などの代表作で知られる少女漫画家、大和和紀《やまとわき》による漫画化作品『あさきゆめみし』を忘れるわけにいきません。同作は一九七九（昭和五十四）年より月刊『mimi』（講談社）で不定期に連載され、のち『mimi Excellent』に移って、十四年後の一九九三（平成五）年に完結しました。

作風としては、「円地源氏」をベースにしながら、ところどころに「田辺源氏」で描かれたエピソードが挿入されるほか、「田辺源氏」の挿絵を担当した岡田嘉夫《よしお》の画風を意識した絵柄になっていることが指摘されています。

『源氏物語』の受容、普及という点で驚くべきなのが、現在、シリーズ累計発行部数が一八〇〇万部を突破していること。大手予備校の書棚に置かれて古典受験対策の必携の書となっていて、毎年の十二月と四月に重版がかかるほどの需要があるといいます。

また、各言語に翻訳された海外版も多く出版されているというので、この漫画版で初めて『源氏物語』と出会ったという海外の源氏ファンも数多くいるに違いありません。（内）

（文中敬称略）

著者紹介

源氏物語研究会

『源氏物語』もその著者とされる紫式部も、長い歴史の闇の中に閉ざされ、真の姿が隠されてしまっているのではないか。

さもありなんという伝説の修飾をはぎ取り、より合理的なものの見方から、この大作にアプローチすれば、新たな作品としての魅力や、作者の真実の姿がみえてくるのではないか。

中世文学の専門家ではないが、1年余り前から論議を尽くしてきた、『源氏物語』の魅力に取りつかれた男たちの集まりである。

● **清丸恵三郎**　編集者・ライター。『プレジデント』元編集長。『出版動乱―本を作る人々』『江戸のベストセラー』等の著書がある。津本陽、梅原猛、童門冬二氏等の著作やビジネス、メディア関連の単行本を多数編集。作家と作品の関わりに関心。早稲田大学政経学部卒。人間科学修士。1950年石川県生まれ。

● **乗松幸男**　ジャーナリスト。心理学、統計学をベースにバイオ、ナノテクベンチャー等の経営者の人物像に迫る。『経営者会報』元編集長。吉村昭、山口瞳、小松左京氏らの編集を担当し、古典文学・芸能史に詳しい。大阪大学人間科学部卒。1950年静岡県生まれ。

● **梨本敬法**　編集者。洋泉社、宝島社を経て、現在フリー。文化、社会、教育、医療、ビジネスなど幅広いテーマで、書籍、MOOK等を編集。洋泉社MOOKで「源氏物語　平安王朝絵巻を旅する」や「万葉集を旅する」等を企画・編集。早稲田大学教育学部卒。1961年東京都生まれ。

● **北山円香**　ライター。歴史学、文学、サブカルチャーに関する執筆を行う。京都市出身で、『源氏物語』など王朝文学にも関心が強い。主な寄稿先は『歴史街道』、「文春オンライン」など。一橋大学大学院社会学研究科（近世村落史専攻）修了。1994年生まれ。男性。

● **内藤孝宏**　フリーライター・編集者。「ボブ内藤」名義でも活動。これまでに1500を超える企業、2000人強の著名人にインタビューしている。著書に『東京ゴーストスポット』『ブータン人の幸福論』ほか。洋泉社MOOK「源氏物語　平安王朝絵巻を旅する」の編集に協力。東洋大学文学部中退。1966年静岡県生まれ。

特別インタビュー　林 望

国文学・書誌学者、作家。慶應義塾大学大学院博士課程満期退学。ケンブリッジ大学、オックスフォード大学で研究し、東京芸術大学で教鞭をとる。『謹訳　源氏物語』で毎日出版賞特別賞を受賞。滞英中の体験を材料にした『イギリスはおいしい』で日本エッセイスト・クラブ賞受賞。リンボウ先生の愛称で知られる。1949年東京都生まれ。

紫式部と源氏物語の謎

2023年12月24日　第1刷発行

著者　源氏物語研究会
発行者　鈴木勝彦
発行所　株式会社プレジデント社
〒102-8641
東京都千代田区平河町2-16-1
平河町森タワー13階
https://www.president.co.jp/
電話：編集（03）3237-3732
販売（03）3237-3731
編集　桂木栄一
装丁・DTP　仲光寛城（ナカミツデザイン）
制作　関 結香
販売　桂木栄一　高橋 徹　川井田美景　森田 巌
末吉秀樹　庄司俊昭　大井重儀
印刷・製本　TOPPAN株式会社

ISBN 978-4-8334-2525-4
Printed in Japan